Betty C

Ro

Ein Hamst

© Frank Birney

Betty G. Birney wuchs in St Louis, Missouri, auf. Nach ihrem Englisch-Studium arbeitete sie zunächst in der Werbeabteilung eines Disney Studios, schrieb später als Autorin für zahlreiche TV-Produktionen des Disney Channels und verfasste Comics. Inzwischen hat sie mehr als 25 Kinderbücher veröffentlicht.

Weitere Titel von Betty G. Birney bei <u>dtv</u> junior: siehe S. 4

Markus Spang, 1972 in Karlsruhe geboren, studierte zunächst Philosophie und Kunstgeschichte, dann Illustration in Krefeld und Münster. Heute lebt er in Köln und malt Bilder, zeichnet Schriften oder schreibt Texte.

Ilse Rothfuss lebt als freie Übersetzerin in München. Sie übersetzt Kinder- und Jugendbücher, aber auch Reiseliteratur und Sachbücher aus dem Englischen und Französischen.

Betty G. Birney

Rocky
Ein Hamster räumt auf

Aus dem Amerikanischen
von Ilse Rothfuss

Mit Illustrationen
von Markus Spang

Deutscher Taschenbuch Verlag

Von Betty G. Birney ist bei <u>dtv</u> junior außerdem lieferbar:
Rocky – Ein Hamster tobt durchs Klassenzimmer,
<u>dtv</u> junior 71347

Deutsche Erstausgabe
In neuer Rechtschreibung
September 2009
Deutscher Taschenbuch Verlag GmbH & Co. KG,
München
<u>www.dtvjunior.de</u>
© 2005 Betty G. Birney
All rights reserved
Titel der amerikanischen Originalausgabe:
›Friendship According to Humphrey‹,
2005 erschienen bei G. P. Putnam's Sons,
a division of Penguin Young Readers Group, New York
© der deutschsprachigen Ausgabe:
2009 Deutscher Taschenbuch Verlag GmbH & Co. KG,
München
Umschlagkonzept: Balk & Brumshagen
Umschlagbild: Markus Spang unter Verwendung
eines Fotos von Klara Salamońska
Gesetzt aus der Charlotte 13,29/17˙
Satz: Fotosatz Reinhard Amann, Aichstetten
Druck und Bindung: Druckerei C. H. Beck, Nördlingen
Gedruckt auf säurefreiem, chlorfrei gebleichtem Papier
Printed in Germany · ISBN 978-3-423-71373-3

Für Jane Birney de Leeuw,
Schwester und Freundin,
und für Rockys beste Freundin
und Herausgeberin Susan Kochan

ALLES NEU

»RUMMS! RUMMS! RUMMS!«

Die Weihnachtsferien waren vorbei und ich fuhr mit Mrs Brisbane in die Schule zurück. Aber aus irgendwelchen Gründen war die Straße noch viel holpriger als bei meiner letzten Fahrt in dem kleinen blauen Auto.

»Also, Rocky …«, begann Mrs Brisbane und wurde sofort vom nächsten RUMMS unterbrochen, »… wundere dich nicht …« RUMMS! »… wenn es ein paar Veränderungen in …« RUMMS! »… Zimmer 26 gibt!« RUMMS!

Mir war ein bisschen flau im Magen und ich klammerte mich so krampfhaft an meine Leiter, dass ich kaum zuhören konnte. Veränderungen? Was meinte sie damit?

»Ich war letzte Woche schon ein paarmal in der Schule und habe alles geregelt …« RUMMS! »… solange du bei Bert zu Hause warst …«

Das stimmte. Ich war in den Ferien oft mit Bert allein gewesen. Und so nett er ist, aber fünfmal am Tag in einem Labyrinth herumrennen, das ist ganz schön anstrengend. Ich machte es trotzdem, Mr Brisbane zuliebe, weil er mir so gern dabei zusieht. In der Schule konnte ich wenigstens hin und wieder ein Nickerchen machen, versteht ihr? Außerdem bin ich der Klassenhamster und ein Klassenhamster gehört in die Klasse. Deshalb freute ich mich riesig darauf, gleich meine Freunde in Zimmer 26 wiederzusehen.

Mein Magen beruhigte sich etwas, als Mrs Brisbane auf den Parkplatz einbog.

»Und?«, fragte ich. »Was ist jetzt mit deinen tollen Veränderungen?« Obwohl natürlich nur »quiek-quiek-quiek« herauskam, so wie immer.

»Weißt du, Rocky, ab und zu muss man für ein wenig Abwechslung sorgen«, verkündete Mrs Brisbane beim Aussteigen. »Aber lass dich einfach überraschen!«

Ein eisiger Windstoß traf mich, sodass ich vor Kälte zitterte. Außerdem konnte ich jetzt nichts mehr sehen, weil Mrs Brisbane einen Wollschal über meinen Käfig geworfen hatte. Aber das war mir egal, Hauptsache, ich kam in meine Klasse zurück, wo alle meine Freunde auf mich warteten. Mir wurde ganz warm ums Herz, wenn ich an sie dachte. Oder war es nur die Heizungswärme, die uns entgegenschlug, als wir durch die Tür kamen?

»Hi, Sue! Sehen wir uns nachher?«, rief eine vertraute Stimme. Es war Miss Lumis, das hörte ich sofort, obwohl ich sie nicht sehen konnte. Miss Lumis unterrichtet die Klasse nebenan. Ich weiß, dass sie mit Mrs Brisbane befreundet ist.

»Klar, Angie. Passt es dir in der Frühstückspause?«

»Ja, gut. Also dann bis später.«

Endlich stellte Mrs Brisbane meinen Käfig in Zimmer 26 ab. Als sie das Tuch wegzog, fielen mir fast die Augen aus dem Kopf. Etwas Unquiekbares war mit meiner alten Klasse passiert! Es gab keine ordentlichen Bankreihen mehr – nein, die Tische waren in kleinen Gruppen zusammengestellt. Mrs Brisbanes Pult stand in einer Ecke. Statt der Schneeflocken, die im Dezember das Schwarze Brett verschönert hatten, hingen dort jetzt Fotos von irgendwelchen Leuten, die ich nicht kannte.

Mir wurde ganz schwindlig von all diesen

Veränderungen und ich merkte kaum, dass die Klasse sich allmählich füllte. Bis Sprich-leiser-Adam hereinkam und »Hi, Rocky!« brüllte.

Bald kamen auch die anderen Schüler an meinen Käfig, um mich zu begrüßen.

»War's schön in den Ferien?«, fragte Miranda Golden.

Miranda ist ein richtiger Engel, darum nenne ich sie heimlich Gold-Miranda.

»Ich soll dir viele Grüße von meiner Mutter ausrichten«, sagte Sayeh mit ihrer leisen, sanften Stimme.

»He, Rocky-Docky«, brüllte Greg und Kicher-Katie kicherte natürlich, aber das machte mir nichts aus. Katie hat immer was zu kichern.

Dann klingelte es. »So, Kinder, wie ihr an den Namensschildern seht, habe ich euch umgesetzt. Es geht bitte jeder zu seinem Platz!«, rief Mrs Brisbane.

Mir dröhnten die Ohren von dem Gepolter und Stühlescharren, bis endlich jeder wusste, wo er hingehörte. Und dann merkte ich, dass ich plötzlich einige Schüler im Blick hatte, die vorher auf der anderen Seite gesessen hatten: Hör-auf-zu-nörgeln-Mandy, Sitz-still-Sam und Das-ist-nicht-witzig-Daniel. Vielleicht hatte

Mrs Brisbane doch nicht so unrecht mit ihrer Abwechslung?

Dann fiel mir etwas Komisches auf. Neben Sayeh, Katie und Daniel saß ein fremdes Mädchen.

»Mrs Brisbane, Mrs Brisbane – die gehört nicht hierher!«, quiekte ich aufgeregt. »Sie sitzt in der falschen Klasse!«

Aber die Lehrerin hörte mich nicht.

»Wie ihr seht, Kinder, ist dieses Jahr alles ein bisschen anders«, verkündete sie. »Und nicht nur das, wir haben auch eine neue Schülerin. Komm doch mal her, Tamara.«

Das neue Mädchen sah total verängstigt aus. Widerstrebend stand sie auf und ging zu Mrs Brisbane. »Das ist Tamara Clark«, sagte die Lehrerin, »und ich möchte, dass ihr alle nett zu ihr seid. Tamara, willst du uns ein bisschen was über dich erzählen?«

Das neue Mädchen starrte auf den Boden und schüttelte den Kopf. Mrs Brisbane drehte sich schnell wieder zur Klasse um. »Na gut, das machen wir später. Wer kümmert sich heute um Tamara und zeigt ihr alles?«

»Ich!«, platzte Heb-die-Hand-Heidi heraus. Sie plappert immer los, ohne sich zu melden.

»Heb die Hand, Heidi. Ich glaube, Mandy hat sich zuerst gemeldet. Mandy, dann bist du Tamaras Ansprechpartnerin. Und von euch allen erwarte ich, dass ihr Tamara nachher begrüßt und überall mitspielen lasst.« Dann wandte sie sich wieder an Tamara. »Keine Angst, Tamara, du wirst hier bald neue Freunde finden. Und jetzt darfst du dich wieder setzen.«

Tamara starrte immer noch auf den Boden, als sie an ihren Platz zurückging. Sie tat mir so LEID-LEID-LEID. Ich musste sie die ganze Zeit ansehen und hörte kaum, was Mrs Brisbane erzählte. Irgendwas von »Federvieh«, wenn ich mich nicht irrte.

»Das hier ist ja schließlich die Longfellow-Schule«, fuhr Mrs Brisbane fort. »Und Henry Wadsworth Longfellow war ein berühmter amerikanischer Dichter – ein Mann der Feder, wie man früher sagte.«

Ach so, Feder! Also doch kein Federvieh – Hühner, Truthähne oder was auch immer. Seit meiner Zeit in der Tierhandlung fürchte ich mich nämlich ein bisschen vor allem, was Federn hat. Ich habe immer noch Albträume von dem großen grünen Papagei dort. Dieser gemeine Kerl war einmal ausgebüxt und hatte sich wie verrückt gegen meine Gitterstäbe geworfen. Mir wird ganz schlecht, wenn ich nur daran denke, wie er immer »Lecker-lecker« und »Mampf-mampf!« kreischte. Als Carl, der Besitzer der Tierhandlung, ihn endlich wieder einfing und wegtrug, kreischte er immer noch.

Plötzlich riss mich eine Stimme aus diesen unangenehmen Erinnerungen. »Ich bin ein Dichter und hau auf den Trichter. Longfellows Füße sind käseweiß und riechen nach altem Sockenschweiß.«

»Das ist nicht witzig, Daniel«, sagte Mrs Brisbane. »Wir werden also in diesem Halbjahr viele Gedichte lesen und schreiben und natürlich werden wir einiges über die Dichter lernen.«

Die Klasse stöhnte laut. Vielleicht hatten sie Angst vor diesen Dichtern, ob mit oder ohne Federvieh.

»Sitz still, Sam«, sagte Mrs Brisbane.

Stillsitzen war nicht leicht für Sam. Und weil er jetzt direkt vor mir saß, konnte ich sehen, dass er die ganze Zeit auf seinem Stuhl herumzappelte, was Kicher-Katie zum Lachen brachte.

»Hör auf zu kichern, Katie!«, sagte Mrs Brisbane.

Katie hörte auf und hickste stattdessen.

»Geh und trink etwas Wasser«, sagte Mrs Brisbane zu ihr. Dann wandte sie sich an das neue Mädchen. »Leg das bitte weg, Tamara.«

Alle starrten Tamara an. Ich auch. Das Mädchen hielt einen abgewetzten Teddybären im Arm. Aus den Ohren des Teddys quoll schon die Watte hervor und er trug ein verwaschenes T-Shirt. Sogar sein Lächeln sah ein bisschen verblichen aus.

»Tamara, hast du nicht gehört, was ich gesagt habe?«, wiederholte Mrs Brisbane.

Zum Glück blieb es ganz still im Zimmer. Kicher-Katie hätte wahrscheinlich losgeprustet, wenn sie da gewesen wäre, und vor lauter Lachen wieder den Schluckauf bekommen.

Tamara stopfte wortlos ihren Teddy in das Fach unter ihrem Tisch.

Im selben Moment kam Direktor Morales zur Tür herein.

»Darf ich Sie einen Augenblick unterbrechen, Mrs Brisbane? Es dauert nicht lange, ich will nur alle Kinder persönlich begrüßen und ihnen ein gutes neues Halbjahr wünschen.«

Der Direktor war piekfein angezogen, wie immer, und seine Krawatte war mit winzig kleinen Bleistiften bedruckt. Mr Morales trägt immer eine Krawatte, weil er die wichtigste Persönlichkeit an der ganzen Longfellow-Schule ist.

»Ja, natürlich, Mr Morales, das ist sehr nett von Ihnen«, antwortete Mrs Brisbane. »Wir haben eine neue Schülerin, Tamara Clark, und ein ganz neues Klassenzimmer, wie Sie sehen.«

»Herzlich willkommen, Tamara«, sagte der Direktor. »Es wird dir bestimmt gefallen in Zimmer 26. Und unser Freund Rocky ist auch wieder da, das ist schön!«

Dann kam er quer durch das ganze Zimmer zu meinem Käfig herüber.

»Hallo, Mr Morales!«, quiekte ich, so laut ich konnte.

»Hi, alter Junge«, antwortete Mr Morales und drehte sich wieder zur Klasse um. »Ihr könnt alle viel von Rocky lernen, Kinder. Aber das wisst ihr ja schon, jedenfalls die meisten von euch. Und jetzt wünsche ich euch allen eine schöne Zeit.«

Sobald er draußen war, drehte ich mich wieder zu Tamara um, die immer noch reglos vor sich hin starrte. Ich konnte ihr Gesicht nicht genau sehen, aber ihre Wangen waren fast so rot wie ihr feuerrotes Haar. Ich muss sie sehr lange angestarrt haben, denn plötzlich läutete die Pausenglocke.

»Komm, Tamara, wir holen unsere Mäntel«, sagte Mandy. Tamara stopfte den abgewetzten Teddy in ihre Tasche und folgte Mandy in den Flur hinaus.

Sobald die beiden aus dem Zimmer waren, stürzte Miss Lumis herein. Sie war ganz rot im Gesicht und ihre Locken hüpften in alle Richtungen.

»Also, was ist?«, fragte sie Mrs Brisbane aufgeregt. »Machen wir es jetzt?«

»Ja, sicher – warum nicht?«, sagte Mrs Brisbane. »Ich schaffe erst mal Platz für ihn.«

Dann kamen sie zu dem Tisch beim Fenster, auf dem mein Käfig steht.

»Da passt er doch gut hin«, sagte Miss Lumis und deutete neben meinen Käfig.

Mrs Brisbane schob ein paar von meinen Futtervorräten ans andere Tischende. »Hoffentlich macht er nicht so viel Ärger«, sagte sie.

»Ach, nein, gar nicht. Jedenfalls nicht so viel wie ein Hamster«, antwortete Miss Lumis.

WAS-WAS-WAS? Nicht so viel Ärger wie ein Hamster? Als ob ich jemals Ärger gemacht hätte! Im Gegenteil – ich hatte alles getan, um meinen Klassenkameraden und meiner Lehrerin zu helfen. Aber wieso verteidigte mich Mrs Brisbane nicht? Ich konnte es nicht fassen! Ich wollte gerade den Mund aufmachen, um dieser Miss Lumis selbst die Meinung zu quieken, da läutete es und sie huschte zur Tür hinaus.

Was in aller Welt war das für ein Wunderwesen, das angeblich weniger Ärger machte als ich? »Er« hatte Miss Lumis gesagt.

Mir stand das Fell zu Berge, als das Klassenzimmer sich wieder füllte. Ich sah, wie Tamara ihren Teddy aus der Tasche nahm, und Heidi sah es auch. Sie wechselte einen Blick mit Katie und verdrehte die Augen. Katie prustete beinahe los, aber zum Glück beherrschte sie sich.

»Also, Kinder, wie ich bereits sagte, ist in diesem Halbjahr einiges anders«, begann Mrs Brisbane. »Nicht nur die Sitzordnung ist neu, sondern wir bekommen auch ein neues Tier, das eine Bereicherung für unsere Klasse sein wird.«

Ein neues Tier? Wieso das? Wo sie doch

einen supertollen, gut aussehenden, knuffigen Klassenhamster hatte – nämlich mich! Wollte sie mich etwa loswerden?

Dann kam Miss Lumis mit einem großen Glaskasten auf dem Arm ins Zimmer. Ich konnte nicht sehen, was drin war, weil alle von ihren Plätzen aufsprangen und neugierig die Hälse reckten. Dann hörte ich lauter »Ah«- und »Oh«-Rufe und aufgeregtes Geschnatter. »Ein Frosch!«, rief Heidi laut.

Miss Lumis stellte den Kasten direkt neben meinen Käfig. Jetzt konnte ich Wasser, Steine und etwas Grünes sehen. Grün und klumpig.

»Das ist unser neuer Frosch«, verkündete Mrs Brisbane. »Miss Lumis wird euch jetzt alles über ihn erzählen, was ihr wissen müsst.«

Miss Lumis trat vor und sagte: »Ihr wisst ja vielleicht, dass wir einen Frosch in unserer Klasse haben. Er heißt Georg und ist ein Ochsenfrosch. Vor den Weihnachtsferien brachte einer meiner Schüler diesen Frosch hier mit, gewissermaßen als Freund für Georg. Wir haben ihn Osch, den Frosch genannt. Aber leider mag Georg den armen Osch nicht. Und weil Georg ein Ochsenfrosch ist, zeigt er das, indem er viel Krach macht. Das hat Osch so erschreckt, dass er den ganzen Tag in seinem Terrarium herumhüpfte und -platschte.«

Alle lachten, nur ich nicht. Erstens konnte ich gut verstehen, dass Georg keinen anderen Frosch als Rivalen um sich haben wollte. Zweitens fand ich es trotzdem nicht nett, dass er den armen Osch anquakte.

»Wir konnten bei dem Radau kaum noch arbeiten«, fuhr Miss Lumis fort. »Deshalb habe ich Mrs Brisbane gefragt, ob Osch vielleicht in eure Klasse umziehen darf, und sie hat Ja gesagt. Mögt ihr ihn?«

Meine Freunde brüllten alle begeistert

»JA!«, außer Tamara, die heimlich mit ihrem Teddy schmuste.

Dann machte jemand *Quak-quak-quak*, aber es war nicht der Frosch.

»Das ist nicht witzig, Daniel. Hör sofort auf. Quaken kann Osch in Zukunft selber.« Mrs Brisbane wandte sich wieder an Miss Lumis. »Vielen Dank! Rocky wird bestimmt glücklich über seinen neuen Freund sein.«

Rocky wird glücklich sein? Über seinen neuen Freund? Na ja, zumindest durfte ich bleiben. Aber ich hatte genug Freunde in der Klasse und brauchte keinen neuen. Trotzdem wollte ich nicht so unfreundlich sein wie Georg, der Ochsenfrosch.

Als Miss Lumis gegangen war, durften alle an Oschs Glaskasten gehen, um ihn genauer zu betrachten.

Sam tippte an die Scheibe.

»Lass das, Sam«, schimpfte die Lehrerin. »Du erschreckst ihn doch.«

»Er sieht aber gar nicht erschrocken aus«, wandte Miranda ein.

»Ich glaube, er grinst«, stimmte Daniel zu. »Das bedeutet, dass er fröschlich ist – äh, fröhlich, wollte ich sagen.«

Diesmal kicherte Katie nicht und das ärgerte Daniel. »He, hast du nicht gehört? Fröschlich – fröhlich!«, wiederholte er gekränkt.

Kicher-Katie verdrehte nur die Augen und stöhnte. Der arme Daniel sah jetzt gar nicht mehr »fröschlich« aus.

Mrs Brisbane rief das neue Mädchen zu sich. »Komm, Tamara, sieh dir Osch an.«

Tamara starrte vor sich auf den Tisch und schüttelte den Kopf.

»Na los«, rief Mandy ungeduldig.

Wieder schüttelte Tamara den Kopf.

»So geht das schon den ganzen Tag«, murrte Mandy. »Sie will nie was.«

»Mandy!«, wies Mrs Brisbane sie zurecht.

»Ist das wirklich ein Frosch?« Richie starrte Osch mit zusammengekniffenen Augen an. »Frösche leben doch im Wasser.«

»Ja, manche schon«, erklärte Mrs Brisbane. »Aber es gibt auch Frösche, die in Bäumen leben. Osch ist ein gewöhnlicher grüner Frosch. Er lebt gern in Wassernähe, aber nicht *im* Wasser.«

Ein gewöhnlicher grüner Frosch, das klang nicht besonders spannend und trotzdem waren alle fasziniert von Osch.

»Darf ich mich um Osch kümmern?«, fragte Adam mit seiner lauten Stimme.

»Sprich leiser, Adam«, ermahnte ihn Mrs Brisbane. »Wir kümmern uns alle gemeinsam um ihn.«

Sobald die Schüler wieder an ihren Plätzen saßen, hielt Mrs Brisbane ein Froschbuch hoch. »Das hier müssen wir genau durchlesen«, erklärte sie. »Osch hat ganz andere Bedürfnisse als Rocky, denn Rocky ist ein warmblütiges Säugetier und Osch eine Amphibie. Amphibien sind Kaltblüter.«

Eine Amphibie! Du liebe Güte! Jetzt war mir alles klar. Allein das Wort jagte mir kalte Schauer über den Rücken. Hoffentlich kam es nie im Diktat vor!

Mrs Brisbane blätterte eine Weile in ihrem Buch. »Aha«, sagte sie schließlich. »Da steht, dass Osch ein mittelgroßer Frosch von ruhiger Gemütsart ist. Er gibt unverwechselbare, quakende Geräusche von sich.«

»BOING!«

Ich kippte fast von meiner Leiter. Was war das denn, um Himmels willen?

Dann hörte ich ein anderes Geräusch: das Gelächter meiner Klassenkameraden.

»Tja«, sagte Mrs Brisbane ein bisschen verwirrt. »Das ist in der Tat ein unverwechselbares Geräusch.«

»BOING!« Diesmal kam das Geräusch eindeutig von dem Frosch. Was war das denn für eine Sprache? Frösche sagen doch »Quak«, oder nicht?

Mrs Brisbane drehte sich zu Oschs Glaskasten um. »Danke für deinen Beitrag, Osch.«

Wieder ertönte ein »Boing«, aber diesmal kam es nicht von Osch.

»Das ist nicht witzig, Daniel«, sagte die Lehrerin streng. Dann erzählte sie lang und breit über Amphibien und ihren Lebenszyklus.

»Was frisst er überhaupt?«, fragte Heidi.

»Heb die Hand, Heidi«, seufzte Mrs Brisbane. »Hauptsächlich Insekten. Miss Lumis hat mir ein paar Grillen gegeben.«

»Cool«, sagte Ken.

Alle anderen in der Klasse stöhnten. »Iiiiih!«

Ich würgte eine Ewigkeit, dann quiekte ich: »Lebendige Insekten?«

Aber niemand achtete auf mich. Schon gar nicht Osch, der seelenruhig dasaß und nichts machte. Absolut nichts.

Als die Schule aus war, packten die Kinder

ihre Bücher ein und gingen an unserem Tisch vorbei. Mindestens die Hälfte von ihnen sagte: »Tschüss, Osch« oder »Bis morgen, Osch«.

Nur zu mir sagte niemand Tschüss – kein einziger von meinen Freunden. Mich hatten sie glatt vergessen.

Mandy blieb nach dem Unterricht noch eine Weile da. »Mrs Brisbane, ich war die ganze Zeit total nett zu Tamara, aber sie redet überhaupt nicht mit mir.«

»Du sollst nicht petzen, Mandy«, sagte die Lehrerin. »Tamara hat es nicht leicht als Neue in der Klasse. Oder willst du vielleicht in ihrer Haut stecken? Lass ihr einfach etwas Zeit. Wir haben doch noch das ganze Halbjahr vor uns.«

Ein ganzes Halbjahr – mit einem Frosch? Wie in aller Welt sollte ich das überstehen?

Mrs Brisbane hatte nicht gelogen, als sie gesagt hatte, dass dieses Jahr alles ganz anders sein würde als sonst. Und mir war schon wieder schlecht.

»Freundschaften sind das Wichtigste im Leben.«

Abraham Lincoln, 16. Präsident der Vereinigten Staaten

HILFE, EIN FROSCH

Ich hatte in meiner Laufbahn als Klassenhamster schon einiges durchgemacht, zum Beispiel, als Ms Mac die Schule verließ. Das war SCHRECKLICH-SCHRECKLICH-SCHRECKLICH. Ms Mac war die junge Lehrerin, die mich in der Tierhandlung entdeckt und in Zimmer 26 gebracht hatte.

Es war also nicht das erste Mal, dass ich ein Problem bewältigen musste. Wenn ich nur an Mr und Mrs Brisbane denke, die mich anfangs nicht ausstehen konnten! Trotzdem ist es mir gelungen, ihr Herz zu erobern, und jetzt sind sie ganz wild auf mich.

Aber das hier? Ich meine, wie freundet man sich mit einem Frosch an? Ich hatte keine Ahnung. In der Tierhandlung kannte ich alle möglichen Geschöpfe: Meerschweinchen, Mäuse, Ratten, Wüstenrennmäuse und Chinchillas, die in der Kleintier-Abteilung lebten, so wie ich. Falls es dort Frösche gab, waren sie wahrscheinlich bei den Fischen oder anderen uninteressanten Haustieren.

Nach dem Unterricht raffte Mrs Brisbane ihren Mantel, ihre Handschuhe und ihre Bücher zusammen, kam zu Osch und mir herüber und sagte: »Also, heute Nacht seid ihr allein hier. Macht's gut, ihr beiden!«

Und dann ging sie.

Ich dachte an meine erste Nacht allein im Klassenzimmer. An die Angst, die in mir hochkroch, als es draußen langsam dunkel wurde. Wie gerne hätte ich damals einen Freund zum Reden gehabt! Vielleicht ging es Osch genauso? Osch war neu in der Klasse, so wie Tamara. Er war bestimmt froh, wenn ich mich ein bisschen um ihn kümmerte. Als Neuer hat man es nicht leicht, hatte Mrs Brisbane gesagt. Und auf seine Lehrerin soll man doch hören, oder?

»Keine Angst, Osch«, quiekte ich meinem Nachbarn zu. »Morgen sind alle wieder da und nachher kommt Aldo zu uns.«

Ich wartete auf eine Antwort, aber es blieb totenstill im Zimmer. Okay, vielleicht verstand Osch meine Hamstersprache nicht. Er war ja schließlich ein Frosch. Aber ich hatte doch auch die Menschensprache gelernt und meistens verstanden mich meine Freunde, wenn ich den Mund aufmachte, um ihnen etwas zu quieken. Warum sollte das nicht bei einem Frosch funktionieren? Ich startete den nächsten Versuch.

»He, Osch, hörst du mich?«, quiekte ich, so laut ich konnte.

Aber entweder war mein Nachbar stocktaub oder total unhöflich. Ich konnte ihn von meinem Käfig aus nicht richtig sehen, weil mir meine Sportgeräte die Sicht versperrten – das Laufrad, die Leitern, die Baumäste. Ganz zu schweigen von meiner Schlafhütte und meinem Spiegel. Bis Aldo zum Putzen hereinkam, würden noch Stunden vergehen, und so lange konnte ich nicht warten. Ich musste zu Osch hinüberhuschen und unter vier Augen mit ihm reden. Als erfahrener (und beliebter) Klassenhamster konnte ich es mir leisten, mein Wissen mit dem Neuen zu teilen. Osch konnte mich fragen, was immer er wollte – über das Leben in Zimmer 26, den Stundenplan, die Schüler, die Lehrerin, den Unterrichtsstoff. Egal was.

Ich dachte daran, was Ms Mac immer gesagt hatte: Man kann viel lernen, wenn man sich um ein anderes Lebewesen kümmert. Das galt sicher auch für Frösche.

Ich öffnete meine Käfigtür, was für mich ein Kinderspiel war. Es ist nämlich eine Klappe, die nicht richtig schließt, aber zum Glück bin ich der Einzige, der das weiß. Für die Menschen sieht es so aus, als wäre die Klappe ganz zu, aber das ist ein Irrtum, verlasst euch drauf!

»Okay, Osch, ich komm jetzt mal rüber«, verkündete ich.

Wieder keine Antwort. Ich huschte trotzdem zu meinem neuen Zimmergenossen hinüber.

Der Glaskasten war in zwei Hälften aufgeteilt. Auf der einen Seite stand eine große Wasserschüssel, die andere war mit Erde, Kieselsteinen und Pflanzen bedeckt. Oben war der Kasten mit einem Deckel aus Maschendraht verschlossen. Und unten hockte ein dicker grüner Klumpen unter einer Grünpflanze.

Ich huschte auf Zehenspitzen an die Scheibe heran und spähte hinein.

Von Nahem war der Klumpen noch viel hässlicher, als ich im ersten Moment gedacht hatte. Jedenfalls verglichen mit mir. Ich bin ja schließlich ein Goldhamster. Und ich bin stolz auf mein schönes weiches Fell, meine lustigen dunklen Knopfaugen und mein rosiges kleines Näschen. Kluge Menschen wie Gold-Miranda und Sayeh Nasiri finden mich sehr süß.

Mein neuer Nachbar dagegen hat eine schleimige grüne Haut, hässliche Glupschaugen und kein bisschen Fell am Leib. Und erst dieses riesige Maul – so breit wie der ganze Frosch! Es sieht so aus, als ob er ständig grinst. Obwohl er in Wirklichkeit bestimmt todunglücklich war, der arme Kerl.

»Darf ich mich vorstellen, Osch? Ich heiße Rocky und bin dein Nachbar«, quiekte ich betont höflich.

Keine Antwort. Vielleicht hörte er mich nicht. Er hatte ja auch keine so niedlichen Ohren wie ich. Falls er überhaupt welche hatte. Aber zumindest konnte er sehen, dass ich freundlich mit ihm redete, oder?

»Hallo, Osch?« Ich ging ein bisschen näher heran und quiekte etwas lauter. »Hör mal, wir kennen uns zwar noch nicht, aber ich möchte dir trotzdem in aller Freundschaft die Pfote reichen …«

Und plötzlich, ohne jede Vorwarnung, sprang dieser dämliche Frosch mich an und stieß ein lautes »BOING!« aus.

Ich fiel vor Schreck fast auf den Po. Osch konnte zwar nicht aus seinem Glaskasten heraus, aber Junge, Junge, hatte der Kerl mich erschreckt!

»BOING!«, machte er wieder. Es klang wie eine gerissene Gitarrensaite.

Ich riskierte einen kurzen Blick auf Osch. Was war das für ein lauerndes Grinsen in seinem Gesicht? Oder lachte er mich womöglich aus, dieser alte Froschklumpen?

Mit klopfendem Herzen huschte ich in meinen Käfig zurück und knallte die Tür hinter mir zu. Schöner Freund, dachte ich. Mich so zu erschrecken!

Als ich mich ein bisschen von dem Schock erholt hatte, dachte ich daran, was Mrs Brisbane zu Mandy gesagt hatte. Als Neuer hat man es nicht leicht und ich stellte mir vor, wie es wäre, wenn ich in Oschs Haut stecken würde. Das fiel mir allerdings schwer als stolzer Fellbesitzer. Dieser Osch war mir einfach zu grün. Und zu nackt.

Ich holte mein winziges Notizbuch und meinen Mini-Bleistift hinter dem Spiegel hervor. Beides war ein Geschenk von Ms Mac und streng geheim, denn in der Klasse wusste niemand, dass ich lesen und schreiben konnte. Beim Schreiben kann ich meine Gedanken besser ordnen. Und an diesem Abend gingen mir viele Gedanken durch den Kopf – und nicht nur angenehme, das könnt ihr mir glauben.

Ich schrieb und schrieb und schrieb. Osch blieb stumm, außer dass er mich ab und zu mit seinem Geplatsche ärgerte. Also wirklich, ich mache doch auch nicht so laut Krach, wenn ich mich putze oder einen Schluck Wasser trinke!

Plötzlich ging das Licht im Zimmer an und ich hörte das vertraute *Klack-klack-klack*. Mein Freund Aldo Amato war im Anmarsch, um das Klassenzimmer zu putzen.

»Freu dich, liebes Rockylein, dein Aldo kommt zu dir herein!«, dröhnte eine Stimme.

»Hallo, Aldo, mein Freund!«, quiekte ich. Dann sprang ich auf mein Rad und sauste fröhlich herum.

Aldo stellte seinen Putzwagen neben der Tür ab und stampfte zu meinem Käfig herüber.

»Ein schönes neues Jahr, Rocky! Du siehst so rund und gesund aus!«, begrüßte er mich.

Aldo ist ein wahrer Freund.

»Danke, gleichfalls«, quiekte ich zurück.

»Wer ist denn dein Kumpel dort?«, fragte Aldo mit einem Blick zu Osch. »He, dich kenn ich doch! Der Frosch von nebenan. Was machst du denn hier?«

»Das frag ich mich auch die ganze Zeit«, quiekte ich.

Aldo drehte sich wieder zu mir um. »Ganz ruhig, alter Junge«, sagte er. »Hier, ich hab dir was mitgebracht.« Er griff in seine Tasche und

wickelte eine winzig kleine Tomate aus. Oh –
so was Schönes hatte ich ja noch nie gesehen!
Ich hätte weinen können vor Glück.

»Danke, Aldo«, quiekte ich und stopfte den
Leckerbissen in meine Backentasche.

»Gern geschehen, Rocky.« Aldo wandte sich
wieder an Osch. »Tut mir leid, alter Junge, aber
ich habe keine Ahnung, was Frösche fressen.«

»Das willst du auch gar nicht wissen«,
quiekte ich schaudernd.

Aldo nahm seine braune Papiertüte vom
Putzwagen und zog einen Stuhl an meinen
Käfig. »Darf ich dir beim Essen Gesellschaft
leisten?«, fragte er.

Na logisch! Aldo aß immer sein Pausenbrot
bei mir. Es war der schönste Moment am ganzen Abend. Ich schnupperte genüsslich. Aldo
roch gut, irgendwie nach Wald, oder zumindest stellte ich mir vor, dass es im Wald so
roch. Ich bin ja noch nie im Wald gewesen,
aber früher lebten wohl auch Wildhamster
im Wald. In schönen kuscheligen Nestern aus
welkem Laub und abgefallenen Tannenzapfen.
Ja, Aldo roch nach Zuhause!

»Darf ich mich ein bisschen mit dir unterhalten?«, fragte er.

»Nichts lieber als das«, quiekte ich. Ich hatte langsam genug davon, diesen dummen grünen Klotz zum Reden zu bringen.

»Ich muss dir nämlich was erzählen, Rocky. Von meiner Freundin Maria. Du weißt doch, dass ich ihr einen Verlobungsring zu Weihnachten schenken wollte, oder? Also, das ist bereits Vergangenheit. Stell dir mal vor, was wir gemacht haben: Wir sind einfach losgezogen und haben geheiratet!« Stolz hielt Aldo seine Hand hoch und präsentierte mir einen goldenen Ring.

»Dann wünsche ich dir alles Gute!«, quiekte ich begeistert. »Und dass ihr IMMER-IMMER-IMMER glücklich seid!«

»Danke, Rocky. Ich hab nicht vergessen, dass ich dich zu meiner Hochzeit einladen wollte, aber jetzt haben wir ganz im Stillen geheiratet, verstehst du?«, sagte Aldo.

»Ja, klar!«, quiekte ich. Die beiden wären ohne mich nie zusammengekommen, müsst ihr wissen. Und ich mag Maria. Sie ist total nett zu mir, wenn ich sie mal sehe, und ich habe sie sofort in mein Hamsterherz geschlossen.

»Tja, Rocky, jetzt bin ich ein verheirateter Mann. Und rundum glücklich. Aber ich habe ein bisschen nachgedacht. Ich meine, ich mag den Job hier, aber ich verdiene nicht viel damit.« Aldo hielt inne und biss in sein Brot. »Ich will Kinder und ein Haus haben und vielleicht auch ein paar eigene Hamster aufziehen.«

Dagegen hatte ich nichts einzuwenden, solange er keine Frösche züchtete!

»Und vor allem will ich abends bei meiner Familie sein, anstatt hier den Boden zu putzen. Mit anderen Worten, Rocky, ich muss mir einen besseren Job suchen«, fuhr Aldo fort.

»Ja, klar«, quiekte ich. »Mach nur, das schaffst du schon!«

Aldo war ungewohnt still, als er fertig gegessen hatte. Ich sauste auf meinem Laufrad herum, um ihn ein bisschen aufzuheitern, aber er war ganz in seine Gedanken vertieft. Endlich faltete er seine Papiertüte zusammen.

»Ich bin wohl heute Abend nicht sehr unterhaltsam, was, Rocky? Dein Frosch dort drüben ist wahrscheinlich gesprächiger als ich!«

»Hast du eine Ahnung!«, quiekte ich.

Als Aldo fertig geputzt hatte und gegangen war, dachte ich erst einmal nach. Aldo war einer der nettesten Menschen, die ich kannte, und ich würde ihn vermissen, wenn er irgendwo anders arbeitete. Aber er war mein Freund, und wenn er einen besseren Job brauchte, musste ich ihm helfen. Das war Ehrensache.

Ich nahm mein Notizbuch und schrieb meine Ideen auf. Ich war so in meine Arbeit vertieft, dass ich alles um mich herum vergaß. Bis ich einen Platscher hörte. An meinen Nachbarn – ihr-wisst-schon-wen – hatte ich gar nicht mehr gedacht.

»He, was ist los, Osch?«, rief ich zu ihm hinüber. Vielleicht bereute er inzwischen sein schlechtes Benehmen und wollte sich bei mir entschuldigen?

Wieder kam keine Antwort, nur *plitsch-platsch-plitsch*. Ins Wasser hüpfen, das ist für mich eine schreckliche Vorstellung. Mir läuft es kalt über den Rücken, wenn ich nur daran denke. Nein, ich putze mich lieber auf die bewährte wasserfreie Art, indem ich Zunge, Zähne, Pfoten und meine Krallen zu Hilfe nehme. Und ich putze mich jeden Tag von Kopf bis Fuß. Ihr könnt meine Klassenkameraden fragen, die sind immer ganz fasziniert davon. Jedenfalls bisher – bevor Glupschauge hier auftauchte.

Aber egal. Wir waren nun einmal Nachbarn und ich musste mich mit ihm vertragen. »Na, Osch? Schön warm, das Wasser?«, fragte ich.

Keine Antwort. Nicht einmal ein Platscher. Stattdessen hörte ich ein anderes Geräusch. Die Grillen. Sie waren also doch lebendig!

Der arme Osch. Er musste schreiendes Essen hinunterwürgen. Ich nicht, zum Glück. Meine Hirsekörner und Mehlwürmer machten keinen Mucks, wenn ich sie verspeiste. Aber die Grillen – die mir jetzt fast leidtaten – zirpten so komisch: Zirp, zirp, zirp. Anscheinend waren sie nachtaktiv, so wie ich.

Ich seufzte. Das würde eine lange Nacht werden mit den zirpenden Grillen und dem stummen Frosch. Ich hüpfte auf mein Laufrad und sauste wie wild darin herum, um mich ein wenig abzureagieren.

Aber es half nichts.

»Wer Freunde gewinnen will, muss zuerst selbst ein Freund sein.«

Ralph Waldo Emerson, amerikanischer Dichter und Essayist

SCHLIMMER GEHT'S NICHT

Wollt ihr wissen, wie die Woche lief? SCHRECKLICH-SCHRECKLICH-SCHRECKLICH! Ich hätte genauso gut auf der Internationalen Froschwoche sein können, weil nur noch über Frösche geredet wurde.

Als Erstes zeigte Mrs Brisbane meinen Klassenkameraden, wie Osch versorgt werden musste. Dazu versammelten sich alle um den Glaskasten. Dann zog Mrs Brisbane ein Paar Gummihandschuhe an, hob den Behälter mit den Grillen hoch und streute ein paar in den Glaskasten. Ich glaube, sie ekelte sich ein bisschen vor den Grillen, die ziemlich groß und hässlich waren. Osch machte »BOING!«, was auch kein Wunder war, so wie die Tierchen in seinem Kasten herumsprangen.

»He, habt ihr seine Zunge gesehen?«, brüllte Adam. »Die ist ja fast 'nen halben Meter lang!«

»Igitt, jetzt hat er eine gefressen!«, quiekte Heidi.

»Krass«, stöhnte Sam und starrte angewidert auf die dünnen Grillenbeine, die noch in Oschs Maul zappelten.

»Ich will ihn mal streicheln«, sagte Mandy. Ehe die Lehrerin etwas sagen konnte, schob Mandy den Deckel beiseite, griff hinein und hob den riesigen Froschklumpen hoch.

»Nein, Mandy!«, rief Mrs Brisbane. Aber es war zu spät.

»Iiih! Er hat mich angepinkelt!«, kreischte Mandy und ließ Osch in seinen Glaskasten zurückplumpsen. Ich kann es ihr nicht verübeln. Ich meine, was hat dieser Frosch für Manieren? Benimmt sich so ein anständiges Klassentier?

Sam sprang zurück und schüttelte seine Hände. »Ääähh!«

Katie kicherte natürlich und alle anderen lachten mit.

»Wasch deine Hände mit viel Seife und heißem Wasser«, sagte Mrs Brisbane zu Mandy. Zu den anderen sagte sie: »Das machen Frösche, wenn sie Angst haben. Wir müssen alle nett zu dem armen Osch sein. Wenn ihr ihn anfasst, müsst ihr Handschuhe anziehen. Ihr nehmt ihn an den Schultern hoch und müsst dabei aufpassen, dass ihr ihm nicht den Bauch quetscht, sonst verletzt ihr ihn.«

Dann gingen alle an ihre Plätze zurück (außer Mandy, die zum Händewaschen auf die Toilette gegangen war) und wir mussten noch mehr über Frösche lernen. Frösche werden nicht als niedliche kleine Fellbündel geboren, so wie Hamster. Oh, nein, nein, nein! Ein Frosch schlüpft als komische kleine Kaulquappe aus dem Ei, dann wächst er zu einer hässlichen Froschlarve heran und endet als großer, dicker Frosch mit Glupschaugen.

Ich weiß nicht, warum, aber alle fanden dieses Thema unglaublich spannend, außer Tamara und mir. Tamara interessiert sich nur für ihr Kuscheltier, alles andere ist ihr egal.

Ich hörte, wie Mandy zu den anderen Mädchen sagte, dass Tamara total doof sei. »Ich wollte in der Pause mit ihr spielen, aber sie schmust die ganze Zeit nur mit ihrem blöden Teddy. So ein Babykram!«

Sayeh murmelte: »Vielleicht ist sie nur schüchtern.« Ich war stolz auf Sayeh, weil sie gelernt hatte, den Mund aufzumachen und ihre Meinung zu sagen. Aber die anderen Mädchen wollten nichts davon hören. Sie fanden Tamara einfach unhöflich.

So unhöflich wie ein gewisser Frosch, der mein Nachbar ist.

Nach dem endlosen Froschvortrag begann Mrs Brisbane endlich mit dem Unterricht. Gedichte. Uff!

Als Erstes mussten wir ein gruseliges Gedicht über einen Tiger lesen. Dann noch eins über eine Biene und ein ganz dummes über eine lila Kuh. Manche Gedichte reimen sich, andere nicht. Aber es gibt viele Reimwörter wie Sonne und Wonne oder Katze und Tatze.

In der Nacht, während Osch in die Luft starrte, legte ich eine Liste von Reimwörtern in meinem Notizbuch an. Das war besser, als mit ihm zu reden, weil er immer noch den Stummen spielte.

Klatsch, platsch. Pinkel-Frosch, Grummel-Osch. (Zum Glück kann Osch nicht lesen!)

Nachdem wir ein paar Tage lang Gedichte gelesen hatten, wollte Mrs Brisbane, dass wir selber welche schreiben. Die Klasse stöhnte, aber Mrs Brisbane hielt die Hand so lange hoch und wartete, bis alle still waren.

»Jetzt hört doch erst mal zu, Kinder. Wir machen das als Vorbereitung für den Valentinstag, weil wir einen Gedichte-Nachmittag für die Eltern veranstalten. Jeder von euch darf ein Gedicht vortragen, das er selbst verfasst hat oder das ihm besonders gut gefällt.« Diesmal stöhnte niemand. Ein paar in der Klasse sahen richtig begeistert aus. Sogar Träum-nicht-Ari spitzte die Ohren.

Mrs Brisbane erklärte, dass wir ein Gedicht über ein Tier schreiben sollten. Das Gedicht musste mindestens sechs Zeilen lang sein und die Wörter sollten sich reimen.

Mandy hob die Hand und Mrs Brisbane rief sie auf.

»Mein Name reimt sich auf Handy«, verkündete Mandy stolz.

Mrs Brisbane lachte. »Das stimmt. Mandy reimt sich auf Handy. Hat sonst noch jemand einen Namen, der sich auf etwas reimt?«

»Richie reimt sich auf Kitschi«, brüllte Adam.

»Was?«, rief Richie empört.

Mein Kopf begann zu rattern und spuckte lauter Reimwörter aus: Rocky-Flocki-Stocki.

»Katie Morgenstern reimt sich auf Apfel-kern.« Heidi hatte natürlich wieder vergessen, die Hand zu heben.

»Und auf Hab-mich-gern«, brummte Daniel.

»Na, und Daniel reimt sich auf Cocker-spaniel«, sagte Heidi, die ihre beste Freundin immer in Schutz nahm.

»Hört auf, Kinder«, rief Mrs Brisbane ener-gisch. »Wir machen jetzt mit dem Unterricht weiter.«

Meine Klassenkameraden stürzten sich mit Feuereifer in die Arbeit. So hatte ich sie noch nie erlebt. Richie kaute auf seinem Bleistift, Sam baumelte mit den Beinen, Heidi radierte mehr aus, als sie schrieb, Daniel kratzte sich am Kopf und Miranda schrieb und schrieb und schrieb. Dann hielt sie inne und hob die Hand.

»Mrs Brisbane, mir fällt kein Reimwort auf Hamster ein«, sagte sie. »Wissen Sie eins?«

»Das ist eine gute Frage«, antwortete Mrs Brisbane. »Hat jemand von euch eine Idee?«

Ich fand auch, dass es eine tolle Frage war,

und natürlich kam sie von Gold-Miranda. Alle zerbrachen sich den Kopf und es wurde so still, dass man einen Bleistift fallen hörte. Zwei Bleistifte, genauer gesagt.

»Wie wär's mit Dampfer?«, rief Heidi.

»Heb die Hand, Heidi«, sagte Mrs Brisbane und ging zur Tafel. »Na, Kinder, was meint ihr? Reimt sich Hamster auf Dampfer?«

Sie schrieb die beiden Wörter an die Tafel und wiederholte sie. »Hört ihr das? Das klingt nicht ganz gleich, oder?«

Na, das will ich ja wohl meinen!

»Fällt jemandem von euch noch ein anderes Wort ein?«, fragte Mrs Brisbane.

»Wie wär's mit Hammer?«, quiekte ich aufmunternd. Es musste doch etwas geben, das sich auf Hamster reimte.

»Ich weiß was viel Besseres!«, brüllte Adam. »Was reimt sich auf Quak?«

»Nicht so laut, Adam«, ermahnte ihn Mrs Brisbane.

»Und heb die Hand«, fügte Heidi hinzu.

Mrs Brisbane schüttelte den Kopf, dann schrieb sie alle Wörter an die Tafel, die meine Klassenkameraden herausbrüllten. Tag, frag, mag, sag und so weiter.

Nichts davon reimte sich auf Hamster, sondern nur auf Quak. Es war so gemein. Ich fragte mich, wie viele Wörter sich auf »gemein« reimten. »Allein« zum Beispiel oder »fein« oder »Pinkelbein«.

Nach der Pause machte Miranda meinen Käfig sauber. Sie putzt meine Töpfchen-Ecke immer besonders gründlich und wechselt mein Trinkwasser und meine Einstreu. Außerdem bringt sie mir meistens was Leckeres mit. Zum Beispiel ein Blumenkohlröschen, jam-jam-jam.

»Tut mir leid, Rocky, ich wollte ein Gedicht über Hamster schreiben«, sagte sie zu mir. »Aber ich finde kein Reimwort. Ich glaube, jetzt muss ich eins über Clem schreiben.«

Clem ist Mirandas Hund, der mich fast aufgefressen hat, als ich einmal bei ihr zu Hause war. Ich werde nie begreifen, was Gold-Miranda an diesem Ungeheuer findet (und an seinem grässlichen Mundgeruch!).

Am Abend schrieb ich das erste Gedicht meines Lebens. Ich fragte Osch, ob er es hören wollte. Sein Schweigen war nicht gerade ermutigend, aber ich las ihm das Gedicht trotzdem vor.

Als Ms Mac nach Brasilien ging,
war ich ganz allein.
ALLEIN-ALLEIN-ALLEIN.

Und als der böse Clem mich fast fing,
fand ich das gemein.
GEMEIN-GEMEIN-GEMEIN.

Jetzt ist Osch, der Frosch im Zimmer,
das ist gar nicht fein.
NICHT FEIN, NICHT FEIN, NICHT
FEIN.

Hoffentlich kommt's nicht noch schlimmer
und er pinkelt mir ans Bein.
BEIN, BEIN, BEIN.

Ich wartete darauf, dass Osch Beifall klatschte
oder wenigstens ein knurriges »Boing« von sich
gab. Aber es blieb totenstill. Und als ich zu
meinem Nachbarn hinüberschaute, grinste er.
Aber ehrlich gesagt, fand ich dieses Grinsen
nicht besonders aufmunternd.

Am nächsten Morgen ging es mir zum
Glück wieder besser, weil Freitag war. Das bedeutete, dass ich eine Weile von Zimmer 26

und dem stummen grünen Froschklumpen wegkommen würde. Jedes Wochenende durfte ich zu einem anderen Schüler mit nach Hause und ich hatte schon viele tolle Abenteuer bei meinen Klassenkameraden erlebt. Einmal war ich sogar mit Mr Morales, dem Direktor der Longfellow-Schule, nach Hause gefahren.

Dieses Wochenende würde ich zu Warte-bis-es-läutet-Greg nach Hause gehen.

Und dann das!

»Kann ich Osch auch mitnehmen?«, fragte Greg.

»Nein, Osch bleibt hier«, antwortete Mrs Brisbane. »Er kann gut eine Weile allein sein, weißt du. Frösche müssen nicht jeden Tag fressen, außer wenn sie noch jung sind.«

Ha! Meine schlechte Laune war sofort verflogen.

»Kann deine Mom uns nicht abholen?«, sagte Adam nach der Schule zu Greg.

Ich konnte ihn nicht sehen, nur hören, während wir auf den Bus warteten. Mein Käfig war mit einem Tuch abgedeckt, weil es draußen so kalt war. Aber das war mir egal – Hauptsache, ich war WEIT-WEIT-WEIT weg von Osch (der mir nicht einmal Auf Wiedersehen gesagt hatte).

»Mein Dad will nicht, dass ich sie anrufe. Sie soll sich schonen, weil sie doch so krank war«, antwortete Greg. »Und deine Mom? Kann sie uns nicht abholen?«

»Nö«, seufzte Adam. »Die muss meine Schwester vom Kindergarten abholen und das Baby schlafen legen.«

»Hast du mal mit deinen Eltern über Bohne gesprochen?«, fragte Greg.

Jedenfalls hörte es sich wie »Bohne« an. Die Stimmen drangen nur gedämpft durch die Decke über meinem Käfig.

»Nö«, sagte Adam. »Sonst meldet mein Vater mich wieder zum Boxen an, so wie letztes Mal, als ich mich über jemanden beschwert habe. Ich hasse Boxen. Da lass ich mich lieber von Bohne piesacken.«

Ich hatte keine Ahnung, was Adam meinte. Er wurde von einer Bohne gepiesackt? Von einer Boxerbohne? Aber dann kam der Bus und ich hatte keine Zeit mehr zum Nachdenken.

»Okay«, sagte Greg und hob den Käfig hoch. »Wir bleiben zusammen, komme, was wolle.«

»Ja, gut. Lass uns ganz vorne bei Miss Victoria sitzen«, wisperte Adam. »Dort ist es am sichersten.«

An dem geräuschvollen Scharren und Schlurfen um mich herum konnte ich erkennen, dass wir jetzt im Bus waren. Zum Glück rutschte meine Decke ein Stück weit herunter, sodass ich sehen konnte, wie Miss Victoria, die Busfahrerin, einen Blick über die Schulter warf.

»Jetzt aber ab nach hinten, Jungs«, schimpfte sie. »Und die drei Damen da vorne – eine von euch muss raus. Ihr wisst genau, dass ihr nicht zu dritt auf einer Bank sitzen dürft.« Drei ängstliche kleine Erstklässlerinnen drängten sich auf dem Sitz direkt hinter der Busfahrerin zusammen. »Wir fahren erst los, wenn eine von euch aufsteht. Na, komm, Bessy, mach schon.«

Das Mädchen, das an der Gangseite saß, stand verlegen auf und ging nach hinten. Immer wieder warf sie ängstliche Blicke zu den beiden anderen zurück.

»Durchgehen, hab ich gesagt«, fauchte die Busfahrerin.

Plötzlich – WUMM!, stürzte das Mädchen, das Bessy hieß, direkt vor uns auf den Boden. Ihre Bücher flogen in alle Richtungen davon.

Einen Augenblick lag Bessy reglos da und jemand sagte in die Stille hinein: »He, du Trampel, du hast was verloren!« Dann lachte er hämisch.

»Du hast ihr ein Bein gestellt«, sagte Adam tapfer, obwohl seine Stimme ein bisschen zitterte.

»Ach nee, Adam Babykram. Misch dich nicht in Sachen ein, die dich nichts angehen, du Blödmann!«

Ich kroch auf die andere Käfigseite, um herauszufinden, wer da redete. Der Junge war RIESIG-RIESIG-RIESIG. Er hatte Stachelhaare und guckte böse.

Als Greg und Adam sich vorbeugten, um Bessys Bücher aufzuheben, rief Miss Victoria nach hinten: »Greg und Adam, setzt euch sofort hin, sonst kann ich nicht losfahren. Wenn ihr so weitermacht, muss ich euch in der Schule melden.«

»Ja, Greg Babyspeck, setz dich hin!«, zischte der große, dicke Junge hämisch.

»Ich sag's dem Direktor«, flüsterte Bessy.

»Bloß nicht!«, flüsterte Adam zurück. »Wenn du Bohne verpetzt, wird es noch schlimmer.«

Aha, das war also dieser schreckliche Bohne, von dem sie vorher geredet hatten.

Bessy setzte sich mit ihren Büchern auf den nächstbesten Platz. Adam wollte weitergehen, aber im selben Moment streckte Bohne sein Bein vor. Jetzt wusste ich, warum Bessy vorher hingefallen war. Adam stieg über Bohnes Bein hinüber und dann standen Greg und ich (in meinem Käfig) direkt neben diesem Ekel.

»Was ist in dem Käfig drin, Blödkopf? Dein Mittagessen?«, fragte Bohne und schnaubte ein paarmal, aber niemand im Bus lachte. »Oder vielleicht deine Freundin?«

Das reichte! Ich war WÜTEND-WÜTEND-WÜTEND. Es wurde Zeit, dass ihm mal jemand die Meinung quiekte. »Ich bin ein Gold-hamster, damit du's weißt!«, rief ich laut. »Und du bist zum Kotzen – eine richtige Brech-bohne!«

»Schade, dass ich keine Mausefalle dabei-habe«, zischte Bohne.

»Seid ihr immer noch nicht an eurem Platz?«, brüllte Miss Victoria nach hinten. »Ich schreib euch auf, Greg und Adam!«

Greg setzte sich auf den Sitz neben Adam. Ich hätte diese Miss Victoria gern angequiekt, aber plötzlich fuhr der Bus los und ich musste mich mit aller Kraft an meinem Käfig fest-klammern. Jetzt tat es mir leid, dass ich vorher so viel Vitaminfutter geknabbert hatte.

Die ganze Woche hatte ich mich auf den Besuch bei Greg gefreut. Und nun fragte ich mich, ob ich jemals dort ankommen würde.

> »Freundschaft, das ist wie eine Seele
> in zwei Körpern.«
> Mencius, chinesischer Philosoph

BRECHBOHNE

Adam musste eine Haltestelle vor Greg aussteigen. »Komm morgen zu mir rüber«, sagte Greg zu ihm. Sobald Adam ausgestiegen war, ging Greg nach vorne, möglichst weit weg von Bohne.

»Hörst du schlecht, Greg?«, rief Miss Victoria wütend. »Ich habe gesagt, du sollst dich hinsetzen!«

»Tut mir leid, aber der Käfig passt nicht auf den Sitz«, murmelte Greg.

»Was in aller Welt ist da überhaupt drin?«

Doch bevor er etwas sagen konnte, hielt der Bus vor seinem Haus an. Greg zog die Decke um meinen Käfig und stürzte die Stufen hinunter.

Mrs Tugwell wartete in der Haustür. Ihr Haar war braun und wellig, sie trug eine Brille auf der Nase und hatte viele Sommersprossen im Gesicht, genau wie ihr Sohn. Sie ging mit

Greg ins Wohnzimmer und half ihm, meinen Käfig auf den Tisch zu stellen. Dann stürmte Gregs kleiner Bruder Andy ins Zimmer. Er hatte auch wellige braune Haare, eine Brille und Sommersprossen. »Meiner!«, schrie er.

»Nein. Das ist meiner. Jedenfalls für dieses Wochenende«, sagte Greg.

»Erzähl Andy ein bisschen was über Rocky«, sagte Gregs Mom.

»Er ist ein Hamster. Und er ist total süß. Du musst nett zu ihm sein«, erklärte Greg.

Besser hätte ich es auch nicht sagen können.

»Mag süß«, sagte Andy und rieb sich den Magen. »Jam-jam-jam.«

Ich hüpfte auf mein Laufrad, um Andy zu zeigen, dass ich zwar süß, aber nicht essbar war.

»Huuuii!«, rief Andy. »Wie der rumsaust, der Hammer.«

Gregs Mutter brachte einen Teller mit Erdnussbutter und Crackern herein. Mhmmm, roch das köstlich!

»Wie war's in der Schule?«, fragte sie.

»Gut«, sagte Greg. »Aber Mom, kannst du vielleicht mal mit Bohnes Mutter sprechen? Der ist so gemein zu allen im Bus.«

»Martin Bohne?«, fragte Gregs Mom überrascht. »Aber der ist doch immer so höflich, wenn ich ihm begegne.«

»Ja, aber sonst ist er überhaupt nicht höflich«, erwiderte Greg. »Heute hat er ein Mädchen im Bus stolpern lassen und alle geärgert.«

»Das hört sich gar nicht nach Martin an. Was sagt denn die Busfahrerin dazu?«

»Nichts«, antwortete Greg.

»Na ja, ich finde, es ist ihre Sache, sich darum zu kümmern«, sagte Mrs Tugwell.

»Aber du bist doch mit Mrs Bohne befreundet, Mom!«

»Nicht mehr lange, wenn ich mich über ihren Sohn beschwere. Vielleicht müsst ihr einfach freundlicher zu Martin sein, dann ist er auch netter zu euch.«

»Oh, Mom«, stöhnte Greg.

»Du kannst es doch wenigstens versuchen«, sagte seine Mom.

Es wurde Zeit, dass ich auch ein Wörtchen dazu quiekte. »Er ist die gemeinste Brechbohne, die ich je gesehen habe!«, rief ich, so laut ich konnte.

»Du liebe Güte, was ist denn mit Rocky los?«, fragte Mrs Tugwell.

»Vielleicht mag er Martin auch nicht«, brummte Greg.

Kluger Junge, dieser Greg.

Dann kam Mr Tugwell nach Hause und kurz darauf auch Natalie. Sie war die Babysitterin, obwohl nirgends ein Baby zu sehen war. Greg war kein Baby, Andy auch nicht und ich erst recht nicht.

Natalie hatte schwarze Haare und trug ein schwarzes T-Shirt, eine schwarze Hose und schwarze Schuhe. Sogar ihre Brille war schwarz. Nur ihre Lippen waren leuchtend rot.

»Sie können eine Pizza bestellen, Natalie«, sagte Gregs Dad und gab ihr Geld. »Und ich habe ein paar DVDs für die Jungs besorgt.«

»Gut«, sagte Natalie. »Ist es okay, wenn ich nebenher Hausaufgaben mache?«

»Nein, kein Problem – solange die beiden um neun Uhr im Bett sind«, sagte Mrs Tugwell.

Natalie schaute auf meinen Käfig. »Und was ist mit der Ratte dort?«

Mir sackte das Herz in die Pfoten. Der eine drohte mir mit einer Mausefalle, der andere wollte mich aufessen und jetzt auch noch das!

»Das is doch'n Hammer«, rief Andy.

»Ach so, ein Hamster. Wie süß«, sagte Natalie und beugte sich über meinen Käfig. »Hallo, alter Junge.«

Uff! Ich fühlte mich gleich wieder besser, was ich auch bitter nötig hatte nach der schrecklichen Woche und der schlimmen Fahrt.

Später aßen Greg und Andy Pizza und schauten die DVDs an, während Natalie in einem dicken, fetten Buch las.

»Is das?«, fragte Andy und beugte sich über ihre Schulter. »Sind da keine Bilder?«

»Das ist ein Fachbuch, das ich fürs College lese«, erklärte Natalie. »Da sind nie Bilder drin.«

Andy rümpfte die Nase. »Is das, College?«

Natalie seufzte. »Wenn du mit der Highschool fertig bist, gehst du ans College. Jedenfalls, wenn du etwas Anständiges werden willst, so wie Arzt oder Lehrer oder Rechtsanwalt.«

»Ich weiß«, sagte Greg. »Das City College ist weiter unten an der Straße. Mom hat dort letztes Jahr einen Kurs gemacht.«

»Ja, siehst du – da geh ich hin«, sagte Natalie. »Ich studiere Psychologie.« Für mich klang es wie Zü-ko-lo-gie, aber auf dem Buch stand »Psychologie«. Ich schrieb es später in mein Notizbuch. (Hoffentlich kommt das Wort nie im Diktat vor!)

»In Psychologie lernt man, was in den Köpfen der Leute vor sich geht«, fuhr Natalie fort. »Genauer gesagt geht es um das Denken und Fühlen der Menschen. Wisst ihr, was ich jetzt gerade denke?«

Andy schüttelte den Kopf.

»Dass es Zeit fürs Bett ist«, sagte Natalie. »Neun Uhr.«

Die beiden Jungen stöhnten. »Nein, noch nicht«, protestierte Greg.

Andy verschränkte die Arme. »Will aber nicht!«, verkündete er entschlossen.

Zu meiner Verblüffung lehnte sich Natalie lächelnd zurück. »Tja, was machen wir da? Zwingen kann ich euch nicht.«

Andy fielen fast die Augen aus dem Kopf. »Hä?«

»Meinetwegen könnt ihr noch eine DVD einlegen, dann bleiben wir einfach auf, bis eure Eltern zurückkommen«, fuhr Natalie fort.

»Au ja!«, rief Greg und klatschte Andy ab.

Aber ich war ziemlich verwirrt. Mrs Tugwell hatte Natalie doch extra gesagt, dass sie die beiden Jungen um neun ins Bett bringen sollte, oder? Was war los mit der Babysitterin? Hatte sie den Verstand verloren?

Greg setzte sich wieder auf die Couch, aber nach einer Weile erlosch sein Lächeln. »Was meinst du, wann Mom und Dad zurückkommen?«, fragte er.

Natalie zuckte mit den Schultern. »Weiß nicht.«

»Vielleicht sind sie böse, wenn wir noch auf sind?«

»Das werden wir ja sehen«, sagte Natalie mit einem verschmitzten Lächeln.

Andy verzog weinerlich das Gesicht. »Schimpfen die dann?«

»Ja, wahrscheinlich«, antwortete Natalie. »Aber das macht ja nichts – Hauptsache, wir können noch ein bisschen fernsehen.«

Greg stand auf und gähnte laut. »Ich bin aber müde.«

»Ich auch«, schloss Andy sich an und reckte die Arme.

Natalie lächelte. »Na gut, wenn ihr meint«, sagte sie. »Dann macht euch jetzt fertig fürs Bett, ich komm gleich rauf.«

Greg und Andy rannten die Treppe hinauf und Natalie kicherte vor sich hin. Dann beugte sie sich über meinen Käfig.

»Siehst du, Rocky-Hamster, das war ein psychologischer Trick. Du erzählst den Leuten genau das Gegenteil von dem, was sie tun sollen, dann machen sie's.«

Ein psychologischer Trick. Aha, so funktioniert das bei den Menschen. Du sagst ihnen genau das Gegenteil von dem, was sie machen sollen.

Ich glaube, auf dem College kann man viel lernen. Und von einer Babysitterin auch.

Am nächsten Nachmittag kam Adam zum Spielen zu Greg herüber. Mrs Tugwell ging mit Andy neue Schuhe kaufen. Mr Tugwell saß in der Küche und prüfte Rechnungen. Die Jungen waren allein mit mir im Wohnzimmer.

»Rocky braucht mal ein bisschen Bewegung«, sagte Adam. »Komm, wir holen ihn raus.«

»Okay. Du kannst auf ihn aufpassen, solange ich seinen Käfig sauber mache.«

Adam nahm mich vorsichtig heraus, während Greg sich Handschuhe anzog und anschließend meinen Käfig putzte. Natürlich kicherten beide, als er an meine Töpfchen-Ecke kam – das tun immer alle –, aber Greg machte sie gründlich sauber, das muss ich ihm lassen. Während er arbeitete, redeten die beiden Jungen miteinander.

»Meinst du, dein Dad kann uns am Montagmorgen fahren?«, fragte Greg.

Adam schüttelte den Kopf und streichelte mich sanft. »Er muss ganz früh zur Arbeit. Und was ist mit deinem Dad?«

Greg seufzte. »Vergiss es. Er hält mir immer Vorträge, dass er früher zu Fuß in die Schule gegangen ist und ich froh sein soll, mit dem Bus fahren zu dürfen.«

»O Mann«, stöhnte Adam und setzte mich auf den Tisch.

»He, pass auf!«, rief Greg. Er baute schnell ein paar dicke Bücher am Tischrand auf. »Oder willst du, dass Rocky abhaut?« Nach einer Weile murmelte er: »Vielleicht ist er nächsten Montag krank.«

»Krank? Machst du Witze?« Adam ballte verzweifelt die Fäuste. »Der Typ strotzt vor Gesundheit! Mann, ich würd's ihm zeigen, dem Blödmann, wenn er nicht so ein Brocken wäre.«

»Ich auch«, sagte Greg.

Ich wusste sofort, dass sie von Brechbohne redeten, diesem gemeinen Kerl.

Einen Augenblick blieb es still. Dann fügte Greg hinzu: »Ich weiß auch nicht, warum Miss Victoria immer zu ihm hält.«

»Der lässt sich halt nicht erwischen.«

Die Jungen schwiegen wieder, bis Greg sagte: »Gestern wollte Miranda sich in der Pause einen Becher Wasser holen und da hat er sie weggeschubst.«

Mir standen buchstäblich die Haare zu Berge. Wie konnte jemand so ein engelhaftes Wesen wie Miranda einfach wegschubsen?

»Und hat sie sich über ihn beschwert?«, fragte Adam.

»Ja. Aber er hat es abgestritten«, erklärte Greg. »Er hat behauptet, dass er gar nicht in ihrer Nähe war. Er hat Daniel beschuldigt. Daniel hätte beinahe Ärger gekriegt und deshalb hat Miranda schnell gesagt, dass das alles nur ein Missverständnis war.«

Greg schüttelte den Kopf. »Ich möchte mal wissen, warum Bohne so fies ist. Es hat ihm doch niemand etwas getan!«

Dann trat er zurück und zog seine Gummihandschuhe aus. »Ich glaube, jetzt ist der Käfig sauber.«

»Super«, quiekte ich. »Aber was machen wir gegen Brechbohne?«

»Bohne ist ein komischer Name«, gluckste Adam.

»Schade, dass er nicht Erbse heißt. Dann könnten wir Erbsenhirn zu ihm sagen.«

»Oder Erbswurst«, sagte Greg.

Die beiden Jungen fingen an zu lachen.

»Bohnenstange!«

»Schnapsbohne!«

»Grüne Bohne!«

Ich war froh, dass meine Klassenkameraden so viel Spaß hatten. Aber mulmig war mir trotzdem. Dieser Bohne hatte etwas von einer Mausefalle gesagt. Der bloße Gedanke daran machte mir Angst. Außerdem konnte ich nicht zulassen, dass Bohne noch mehr Schüler schubste oder stolpern ließ.

»Okay, Rockylein, magst du jetzt wieder in deinen Käfig zurück?«, fragte Greg.

»JA!«, quiekte ich und die beiden Jungen brüllten vor Lachen, obwohl ich nicht wusste, was daran so witzig sein sollte.

Sobald ich wieder in meinem Käfig war, gingen die Jungen zum Spielen in Gregs Zimmer hinauf. Ich war froh, weil ich dann besser nachdenken konnte. Über Greg und Adam, die richtig gute Freunde waren und miteinander durch dick und dünn gingen. Und über Martin Bohne, der zu allen nur gemein war und keine Freunde hatte.

Alle meine Klassenkameraden liebten Osch, aber als ich versucht hatte, mich mit ihm anzufreunden, war er mir praktisch ins Gesicht gesprungen. Gar nicht so einfach, die Sache mit der Freundschaft, dachte ich, bevor ich eindöste und ein langes, erholsames Nachmittagsschläfchen hielt.

Es war ein schönes Wochenende bei Greg zu Hause. Die Fernsehansagerin sagte, dass es draußen KALT-KALT-KALT sei, und deshalb blieben die Tugwells drinnen. Die Familie machte Popcorn – roch das guuut! Und sie sahen fern und kuschelten sich auf die Couch. Eigentlich hätte ich rundum glücklich sein

müssen, aber ich fürchtete mich vor der Busfahrt am Montag. Ich brauchte einen Plan, so
viel stand fest. Und vielleicht ein bisschen
Psychologie.

»Hoffentlich erkältet sich das kleine Kerlchen
nicht«, sagte Mrs Tugwell, als Greg am Montagmorgen in die Schule ging.

»Er hat doch einen Pelzmantel. Und ich
decke ihn zu«, antwortete Greg. Er warf eine
Decke über meinen Käfig und *schwupp!*, saß
ich im Dunkeln.

»Tschüss, Hammer!«, rief Andy.

»Tschüss, Andy!«, quiekte ich zurück. Es gibt
Schlimmeres, als Hammer genannt zu werden.

Bald darauf hörte ich Bremsen quietschen
und der Bus hielt vor dem Haus der Tugwells
an.

»Alles einsteigen!«, rief Miss Victoria. »Sucht
euch einen Platz.«

»Der Käfig ist zu groß. Kann ich nicht hier
vorne sitzen?«, fragte Greg.

»Siehst du hier vorne vielleicht irgendwelche leeren Plätze?«, antwortete die Busfahrerin ungeduldig. »Jetzt geh schon weiter, los,
beweg dich.«

Mir wurde ganz übel, wenn ich nur an Brechbohne dachte. Greg ging nach hinten, um einen leeren Platz zu suchen, und mein Käfig schwankte und schlingerte wie ein Schiff auf stürmischer See, sodass mir fast das Frühstück hochkam. Als wir endlich an unserem Platz saßen, rollte der Bus los. Einen Block weiter bremste er so abrupt, dass ich auf meinen Käfigboden rutschte. Autsch!

»Alles einsteigen!«, rief Miss Victoria wieder. »Und setz dich hin, Adam, verstanden?«

Adam kam zu unserem Platz. »Rutsch rüber«, sagte er zu Greg.

»Ich muss aber außen sitzen«, wandte Greg ein. »Der Käfig passt nicht auf den Sitz.«

Adam kletterte über Greg hinüber und quetschte sich ans Fenster. Dann bückte er sich und flüsterte: »Ich wusste doch, dass er da ist. Der ist *immer* da.«

Dann fuhr der Bus mit einem Ruck wieder an und mein Käfig wackelte so heftig, dass die Decke ein Stück wegrutschte. Ich hatte jetzt ein Guckloch, aber was ich zu sehen bekam, war nicht gerade erfreulich: Martin Bohne saß direkt neben uns.

»He, Greg, ist das dein Gesicht oder hat

dich jemand vollgekotzt?«, fragte Bohne mit hämischem Grinsen. Er beugte sich so weit vor, dass seine Nase nur wenige Zentimeter von meinem Käfig entfernt war.

»Und was soll das hier sein, Warzenkopf? Is das'n Käfig oder deine Handtasche?«, stichelte Brechbohne weiter. Er johlte über seinen eigenen Witz, obwohl es überhaupt nicht lustig war.

Ich kochte allmählich vor Wut, trotz der eisigen Kälte draußen. Dieser Bohne war zehnmal schlimmer als Osch. Ich hatte das ganze Wochenende kein einziges Mal an den Frosch gedacht. Jetzt fiel mir alles wieder ein: seine grüne Haut, das gruselige Grinsen, wie er mich ohne Vorwarnung angesprungen und fast zu Tode erschreckt hatte. Ich hatte mich von Osch ins Bockshorn jagen lassen, aber diesmal würde mir das nicht passieren. Brechbohne sollte mich kennenlernen.

Es war höchste Zeit, dass ihm jemand eine Lektion erteilte!

Schnell öffnete ich die Klappe, die nicht richtig schließt, und holte tief Luft, ehe ich auf Bohnes Bein sprang. »Lass endlich Greg in Ruhe, du gemeiner Kerl!«, brüllte ich aus vollem Hals. Natürlich kam nur ein Quieken heraus, so wie immer, aber auf jeden Fall hatte ich es ihm gezeigt.

»Iiih!«, kreischte Martin. »Eine Maus! Hilfe, eine Maus! Hau ab!« Er riss die Hände hoch und kreischte wie verrückt, als ich um sein Bein herumsauste. »Warum hilft mir denn keiner?«

Die Gesichter um mich herum verschwammen vor meinen Augen und mir wurde schwindelig. Martin schrie weiter und die anderen Kinder begannen zu lachen, erst nur ganz leise, dann immer lauter und lauter.

»Das ist doch nur ein kleiner Hamster«, hörte ich Greg sagen, der mich behutsam vom Boden hochnahm. »Der tut keiner Fliege was zuleide.«

»Doch«, kreischte Martin. »Er hat mich gebissen!« Alle im Bus lachten, sogar Bessy und die anderen beiden Erstklässlerinnen.

»Was zum Kuckuck ist da hinten los, Martin?«, rief Miss Victoria und trat auf die Bremse.

»Die … die haben eine große Ratte auf mich geschmissen«, rief Martin, der jetzt den Tränen nahe war. »Eine riesige Ratte!«

»Ich glaube, du kommst jetzt besser nach vorne und setzt dich hinter mich«, sagte die

Busfahrerin. »Na los, beeil dich!« Die Mädchen auf dem Sitz hinter ihr mussten Platz machen und Martin schlurfte nach vorne.

Greg setzte mich wieder in den Käfig.

»Danke, Rocky«, flüsterte er. »Ich weiß nicht, wie du da rausgekommen bist, aber das war klasse.«

»Gern geschehen«, quiekte ich. »Dazu sind Freunde doch da!«

Die restliche Fahrt verlief ohne weitere Zwischenfälle. Als der Bus vor der Longfellow-Schule anhielt, verkündete Miss Victoria: »Das war die friedlichste Fahrt, die ich jemals erlebt habe. Von jetzt an sitzt du immer vorne bei mir, Martin Bohne.«

Martin protestierte nicht. Er stürzte aus dem Bus, als ob der Teufel hinter ihm her sei. Wahrscheinlich wollte er nicht hören, wie alle anderen Kinder im Bus – und meine Wenigkeit dazu – vor Freude johlten.

*»Kein Feind kann es jemals
mit einem Freund aufnehmen.«*
Jonathan Swift, irischer Schriftsteller

REIM DICH ODER
ICH FRESS DICH

Ich war ziemlich stolz auf mich nach dieser Busfahrt. Als ich in die Klasse zurückkam, warf ich einen Blick auf meinen glupschäugigen Nachbarn.

»Morgen, Osch«, quiekte ich hoffnungsvoll zu ihm hinüber. Vielleicht war er nach dem langen, einsamen Wochenende ein bisschen freundlicher zu mir? Aber Osch begnügte sich mit eisigem Schweigen und seinem üblichen Grinsen. Oder konnte er mich vielleicht gar nicht sehen? An seinem Glaskasten klebte nämlich ein riesiger Zettel.

Die Botschaft muss lustig gewesen sein, weil meine Klassenkameraden sich vor Lachen bogen. Sie konnten gar nicht mehr aufhören.

»Worüber amüsiert ihr euch denn so?«, fragte Mrs Brisbane.

»Osch!«, kicherte Katie, die schon wieder Schluckauf bekam.

Mrs Brisbane riss den Zettel von Oschs Glaskasten ab und las ihn vor. »Hilfe! Ich bin ein Prinz, der in einen Frosch verwandelt wurde. Wer ist so nett und küsst mich?«

Laute Schmatzgeräusche ertönten in der Klasse und die Kinder lachten noch mehr. Mrs Brisbane blickte von dem Zettel auf. »Das ist nicht witzig, Daniel. Oder willst du dich freiwillig zum Froschküssen melden?«

»Ich doch nicht«, entgegnete Daniel. »Das muss ein Mädchen machen.«

Mrs Brisbane faltete den Zettel zusammen. »Vielen Dank für den Witz des Tages, wer immer das geschrieben hat. Katie, du hörst jetzt auf zu kichern. Und ihr anderen seid auch still, damit wir endlich mit dem Unterricht beginnen können. Ich bin schon sehr gespannt auf eure Gedichte, aber vorher schreiben wir noch ein kleines Diktat.«

Au weia! Ich hatte am Wochenende so viel nachgedacht, dass ich das Diktat ganz vergessen hatte. Niemand in der Klasse wusste, dass ich sonst immer mit meinem Notizbuch und meinem Bleistift in meine Schlafhütte huschte und das Diktat heimlich mitschrieb. Auch wenn ich noch nie null Fehler geschafft hatte, so wie Sayeh. Aber ich gebe die Hoffnung nicht auf.

Heute hatte ich allerdings keine Chance.

»Praxis«, »Juwel« und »Pfund«, das ging ja noch. Aber wie schreibt man »Bequemlichkeit«? Ich wette, Sayeh war die Einzige, die es richtig schrieb. Wo nimmt Mrs Brisbane nur immer so lange Wörter her?

Als Nächstes kamen die Gedichte an die Reihe. »Daniel, du bist doch schon den ganzen Morgen so gesprächig«, sagte Mrs Brisbane. »Dann kannst du ja gleich anfangen.«

Daniel sprang auf und sagte: »Ich muss aber mein Gedicht an die Tafel schreiben.«

Mrs Brisbane schickte ihn nach vorne. Als er fertig war, las er sein Gedicht laut vor. »Es heißt ›Frosch‹ und geht so:

Fettbauch
Riesenmaul
Olivgrün
SCHleimig
Was ist das?
Ein Frosch.
Und wenn du »F« und »r« weglässt,
dann hast du Osch.

Mrs Brisbane lächelte und nickte mit dem Kopf. »Gut gemacht, Daniel. Sehr originell. Was meint ihr, Kinder?«

»Wieso schleimig?«, fragte Wie-bitte-Richie. »Frösche sind doch nicht schleimig.«

Daniel rümpfte die Nase. »Jedenfalls sieht er schleimig aus, auch wenn er's nicht ist. Außerdem hab ich ein SCH für Frosch gebraucht.«

»Wer weiß ein anderes Wort mit Sch?«, fragte Mrs Brisbane die Klasse. Ich meldete mich zu Wort.

»Schrecklich und schauderhaft!«, quiekte ich in den höchsten Tönen, weil »unfreundlich« leider nicht mit Sch anfängt. »Schnippisch!«

Aber niemand achtete auf mich. Schade, dass ich nicht so laut schreien kann wie Adam.

»Sportlich?«, rief Sam und sprang auf.

»Bleib sitzen, Sam. Das ist eine gute Idee, aber leider fängt sportlich mit Sp an, und nicht mit Sch«, sagte Mrs Brisbane und schrieb das Wort an die Tafel.

»Und schräg?«, fragte Ari.

»Was meint ihr, Kinder? Kann ein Frosch schräg sein?«

Ein paar Schüler nickten mit den Köpfen. Ich am allermeisten.

»Was meinst du, Daniel?«, fragte die Lehrerin.

»Schräger Vogel passt gut zu ihm«, sagte Daniel grinsend. Die anderen stimmten zu und ich war der Letzte, der widersprochen hätte.

Ich spähte verstohlen zu Osch hinüber und fragte mich, was er dazu meinte. »BOING«, machte er. Alle lachten, sogar Mrs Brisbane.

»Du bist ja ein lustiges Kerlchen, Osch«, sagte sie.

Schräger Vogel, ja. Lustiges Kerlchen, NEIN. Jedenfalls meiner Meinung nach.

Heidi fuchtelte aufgeregt mit der Hand in der Luft herum. »Osch macht nicht Quak, sondern Boing!«, sagte sie.

»Nimm Q statt B, dann kriegst du Quoing!«, sagte Daniel und blickte stolz um sich.

Heidi runzelte die Stirn. »Und was soll das für einen Sinn haben?«

»Das reicht, Daniel. Wir wollen jetzt weitermachen, also hör auf! Gut, wer ist der Nächste?« Diesmal vergaß Heidi nicht, die Hand zu heben. Mrs Brisbane rief sie auf und Heidi stand auf, um ihr Gedicht vorzulesen.

Ich traf einen Frosch
und sagte: Nanu,
mein Name ist Heidi.
Und wie heißt du?
Mein Name ist Hüpfer,
quakte er,
ich hüpfe viel höher als irgendwer.
Doch als ich ihn packte,
schwups – weg war er!

»Sehr schön, Heidi«, lobte Mrs Brisbane. »Gut gereimt. Das war eine lustige Idee, deinen eigenen Namen in das Gedicht einzubauen.« Sie lächelte. »Also, wer noch?«, fuhr sie fort.

Diesmal hob niemand die Hand.

»Was ist mit dir, Tamara?«, fragte die Lehrerin. »Willst du uns vorlesen, was du geschrieben hast?«

Tamara starrte die Lehrerin erschrocken an. Sie war ganz weiß im Gesicht, die ARME-ARME-ARME.

Mrs Brisbane setzte ihr freundlichstes Lächeln auf. »Keine Angst, Tamara«, sagte sie. »Wir beißen nicht, oder, Kinder?«

Die meisten in der Klasse schüttelten den Kopf und lächelten. Daniel knurrte aus Spaß wie ein Löwe. Aber ich glaube, Tamara merkte es gar nicht.

Widerstrebend stand sie auf und nahm ihren Zettel in die Hand. Mit leiser Stimme las sie ihr Gedicht vor, ganz schnell und ohne Betonung, sodass die Wörter ohne Punkt und Komma ineinander übergingen.

»Viele-Leute-glauben-Bären-sind-gemein-aber-mein-Alfie-könnte-niemals-böse-sein-er-knurrt-nicht-und-beißt-nicht-und-tut-mir-nicht-weh-und-ist-immer-so-lieb-zu-mir-wie-eine-gute-Fee. Ein-Tag-ohne-Alfie-ist-ein-Tag-ohne-Lächeln!«

Sobald sie fertig war, setzte sich Tamara wieder und starrte auf ihren Tisch.

»Vielen Dank, Tamara. Das ist ein wunderschönes Bären-Gedicht. Und mir gefällt der Rhythmus«, sagte Mrs Brisbane. Aber ich sah, wie Mandy zu Heidi hinüberschaute und die Augen verdrehte. Und an ihren Mundbewegungen konnte ich genau ablesen, was sie sagte: »Babykram!«

»Sonst noch jemand?«, fragte Mrs Brisbane. »Du vielleicht, Greg?«

Greg stand auf und las sein Gedicht vor.

Rosen sind rot und Frösche sind cool,
jetzt haben wir einen in unsrer Schul'.

Er faltete seinen Zettel zusammen. »Das ist alles«, verkündete er.

Mrs Brisbane erinnerte ihn daran, dass das Gedicht mindestens sechs Zeilen lang sein sollte.

Und mir blieb fast das Herz stehen.

Frösche sind cool? Das sollte wohl ein Witz sein, oder? *Wer* hatte Greg und Adam gegen Brechbohne geholfen? Osch oder ich?

Danach blieb keine Zeit mehr für weitere Gedichte, weil die Pausenglocke läutete und alle von ihren Stühlen aufsprangen.

Tamara trödelte an ihrem Platz herum und wartete, bis die meisten verschwunden waren, dann stopfte sie schnell ihren Teddy in die Tasche. Sayeh, die auch in der Klasse geblieben war, ging zu ihr.

»Dein Gedicht war schön«, sagte sie. »Heißt dein Bär Alfie?«

Tamara nickte, sagte aber nichts. Vielleicht, weil sie nicht wusste, wie schüchtern Sayeh war und wie schwer es ihr fiel, einfach herzukommen und sie anzusprechen.

»Ich mag deinen Teddy«, fing Sayeh wieder an. »Kommst du mit raus zum Spielen?«

Tamara nickte wieder. Sayeh wartete, aber Tamara rührte sich nicht. Da sagte Sayeh schnell: »Also bis nachher«, und lief mit gesenktem Kopf zur Tür, als ob es ihr peinlich wäre, dass sie Tamara überhaupt angesprochen hatte.

Ich mag Sayeh, müsst ihr wissen. Sie ist eine meiner liebsten Freundinnen. Und es machte mich WÜTEND-WÜTEND-WÜTEND, dass Tamara sie einfach so abblitzen ließ.

Das neue Mädchen wartete, bis Sayeh verschwunden war, dann erst holte sie ihre Jacke.

Als meine Klassenkameraden nachmittags nach Hause gegangen waren, kam Miss Lumis ins Zimmer.

»Hallo, Sue. Ich bin so weit«, sagte sie und ging zu Oschs Glaskasten. »Was macht dein neuer Star-Schüler?«

»Dem geht's prima. Ich glaube, er kommt gut mit Rocky aus. Oder jedenfalls stören sie sich nicht, soweit ich es beurteilen kann«, antwortete Mrs Brisbane.

Nicht stören – pah! Und ob es mich störte, wenn Osch mich ansprang!

Mrs Brisbane zog ihren Mantel an. »Lass uns auf dem Heimweg irgendwo einen Kaffee zum Aufwärmen trinken.«

»Ja, gern«, sagte Miss Lumis. »Ich bin so froh, dass du mich mitnimmst.«

»Ist doch klar – wozu hat man schließlich Freunde?«, lächelte Mrs Brisbane.

Dann gingen sie zusammen hinaus und plötzlich fröstelte es mich. Ich sprang auf mein Laufrad und sauste herum. Das brachte mich zwar ein wenig ins Schwitzen, aber innerlich wurde mir trotzdem nicht wärmer. Wozu sind Freunde da? Um Spaß zu haben, miteinander zu reden, sich gegenseitig zu helfen und alles miteinander zu teilen, oder?

»He, Osch!«, rief ich und spähte durch meine Gitterstäbe zu Oschs Glashaus hinüber. »Hast du was gemerkt? Hast du gesehen, wie es in Zimmer 26 läuft?«

Ich wartete ein paar Sekunden, um ihm Zeit für eine Antwort zu lassen, die natürlich nicht kam. »Ich meine, ob du gesehen hast, wie gut die Kinder sich vertragen? Greg und Adam zum Beispiel – die halten zusammen wie Pech und Schwefel. Und Heidi und Katie, die dauernd was zu kichern haben. Sayeh und Miranda sind auch gut befreundet. Oder Ari und Richie. Willst du nicht auch so nette Freunde haben?«

Ich rechnete nicht ernsthaft mit einer Antwort, aber diesmal kam zumindest ein Platschen. *Plitsch-platsch-plutsch.* Jetzt wusste ich zumindest, dass Osch noch lebte. Vielleicht hörte er mir sogar zu? »Okay, Osch, wir sprechen nicht dieselbe Sprache und wir verstehen uns nicht wirklich, aber wir könnten doch … na ja, ich weiß nicht … einen Hüpfwettbewerb machen«, fuhr ich fort. Plötzlich hatte ich lauter gute Ideen. »Oder etwas singen. Und Grimassen schneiden oder so. Oder vielleicht bringst du mir bei, wie man Boing sagt?«

»BOING!«

Ich fiel fast in Ohnmacht. Hatte Osch mir tatsächlich geantwortet?

»BOING!«, antwortete ich, obwohl es nicht besonders froschig klang. »BOING-BOING, Osch!«

»BOING-BOING«, machte Osch.

»Ja … BOING!«, wiederholte ich. Mein Herz klopfte. Was war das denn? Redeten wir jetzt miteinander? »Äh … Und was gibt's Neues?«, fügte ich hinzu.

Ich wartete, aber es kam keine Antwort. »Osch?«, rief ich. »He, Osch, warum antwortest du nicht?«

Schweigen. Dieser Frosch würde mich noch in den Wahnsinn treiben. Ich versuchte es noch einmal, aber jetzt kamen keine Boings mehr. Nicht einmal ein Platscher. Im Zimmer herrschte plötzlich eine Grabesstille.

Am schlimmsten war für mich der Gedanke, dass Osch endlich versucht hatte, mit mir zu reden, und dann doch wieder aufgegeben hatte. Aber Sayeh musste auch eine ganz neue Sprache lernen, als sie nach Amerika gekommen war. Vielleicht gab es doch noch Hoffnung für Osch und mich – vielleicht lernten wir mit der Zeit, einander zu verstehen. Ich sprang wieder auf mein Laufrad und sauste herum, so schnell ich nur konnte. Ich sauste und sauste und sauste, bis es fast dunkel war.

Endlich flog die Tür auf und das Licht ging an. »Ich bin da!«, rief Aldo und schwenkte seinen Besen. »Bitte keinen Applaus!«

»HALLO-HALLO-HALLO!«, schrie ich. Mir fiel ein Stein vom Herzen, als ich Aldo sah, das könnt ihr mir glauben.

Aldo stürzte zu meinem Käfig herüber und rieb sich die Arme.

»He, ist das kalt bei euch! Die drehen nachts immer die Heizung runter, um Geld zu sparen. Dabei ist es eisig draußen. Und hier drin auch«, sagte er. Dann wandte er sich zu Oschs Glaskasten um. »Hallo, Osch, alles paletti?«

Als Osch keine Antwort gab, drehte Aldo sich wieder zu mir um. »Tja, der redet wohl nicht so gern, was, Rocky? Ich hab übrigens noch mal nachgedacht. Über den neuen Job, falls du dich erinnerst. Maria findet, dass ich noch mal die Schulbank drücken soll.«

Ich stellte mir vor, wie Aldo den ganzen Tag mit Miranda, Richie und Sam bei uns in der Klasse saß. Aber wie sollte er das machen? Seine langen Beine würden doch niemals unter die kleinen Tische passen.

»Ich könnte tagsüber ans College gehen und nachts weiterhin arbeiten.«

Ans College! Na, hoffentlich gibt es dort größere Stühle!

Aldo zog einen Stuhl an meinen Käfig, sodass wir praktisch auf derselben Schnurrbart- höhe waren. »Ich war schon mal am College, weißt du. Ein ganzes Jahr lang. Dann ist mein Dad gestorben und ich musste aufhören, um Geld zu verdienen. Ich wollte später wieder zurück, aber das hab ich leider nie geschafft.«

»Na und?«, quiekte ich weise. »Es ist nie zu spät!«

Aldo griff in seine Tasche. »Maria hat mir dieses Anmeldeformular für das City College gegeben, aber ich weiß nicht. Ich bin doch viel zu alt für so etwas, oder?«

Das City College! Dort studierten alle, die später einmal etwas Anständiges werden wollten – Ärzte, Anwälte, Lehrer oder Psychologen. Das hatte Natalie, die Babysitterin, gesagt. Ich erinnerte mich genau.

»JA-JA-JA«, rief ich und hüpfte aufgeregt auf und ab. »Geh nur, Aldo!«

»Maria findet, dass ich intelligent genug bin«, sagte Aldo. »Ich weiß nur nicht, ob mir das viele Lernen liegt.« Er seufzte und stand von seinem Stuhl auf.

»Okay, Rocky, ich muss jetzt weitermachen, sonst hab ich bald gar keinen Job mehr.« Aldo steckte das Formular wieder in seine Tasche. »Aber erst mal dreh ich die Heizung auf.«

Der gute alte Aldo, er war immer so fürsorglich. Und klug war er auch. Hoffentlich konnte Maria ihn überreden, dass er wieder ans College ging.

Ich wusste, dass ich es allein nicht schaffen würde. Und Osch war keine große Hilfe, so viel stand fest.

> »Freunde, die sich gut verstehen –
> was kann es Schöneres geben?«
> Seneca, römischer Schriftsteller

LARA KRATZBÜRSTE

Am nächsten Morgen stürzte Daniel ins Klassenzimmer und klebte einen riesigen Zettel an meinen Käfig. Der Zettel war so groß, dass er mir fast die Sicht auf Osch versperrte, was aber nicht weiter schlimm war.

Als die Kinder an ihren Plätzen saßen, fingen sie an zu kichern und mit dem Finger zu zeigen. Mrs Brisbane blickte sich ratlos um, bis sie den Zettel an meinem Käfig bemerkte. »Hilfe!«, stand in großen Buchstaben darauf. »Ich werde hier gefangen gehalten! Bitte rufen Sie die Polizei!«

»Ich muss wohl nicht extra fragen, wer das gemacht hat«, sagte die Lehrerin.

Daniel stand auf und verbeugte sich, als die ganze Klasse Beifall klatschte. Ich klatschte mit, obwohl ich mich niemals als Gefangener fühlen werde, solange die Klappe an meinem Käfig nicht richtig schließt.

»Und jetzt setzt euch bitte«, sagte Mrs Brisbane. »Wir fahren mit den Gedichten fort.«

Plötzlich drang ein unanständiges Geräusch an meine Ohren und Mrs Brisbane sagte streng: »Das ist nicht witzig, Daniel. Hör sofort auf, hast du verstanden?«

Wir bekamen in dieser Woche noch viele Gedichte zu hören. Die meisten handelten von Fröschen und eines von einem Hund (Miranda). Sayeh schrieb über einen wunderschönen Vogel, der Pfau heißt. (Pfau reimt sich auf schlau.) Aber niemand hatte ein Gedicht über Hamster geschrieben.

Aldo sagte kein Wort mehr über das City College. Und Tamara redete immer noch nicht mit den anderen. Nur mit ihrem Teddy.

Ich brauchte dringend einen Tapetenwechsel und sehnte mich nach dem Wochenende, das ich wie immer bei einem meiner Freunde verbringen würde. In einer schönen, gemütlichen, warmen Wohnung ohne Frösche.

Am Freitag fragte Mrs Brisbane: »Wer von euch nimmt Rocky am Wochenende mit nach Hause? Ich weiß nicht mehr, wer sich gemeldet hatte.«

Mirandas Hand schoss in die Höhe.

»Ach ja, richtig, Miranda. Dein Vater hat mir eine Nachricht geschickt. Das geht in Ordnung.«

Mir entfuhr ein leises »O Schreck!«, aber zum Glück hörte mich niemand. Ihr wisst ja, dass Miranda ein ganz besonderes Plätzchen in meinem Hamsterherzen hat – sie heißt schließlich Gold-Miranda und ich bin ein Goldhamster. Das Problem ist nur, dass ich schreckliche Angst vor ihrem Hund habe. Er heißt Clem und hätte mich beinahe gefressen, als ich das erste Mal bei Miranda zu Hause war. Zum Glück bin ich schlauer als Clem und konnte ihn überlisten. Doch ich war mir nicht sicher, ob ich das auch diesmal schaffen würde.

Aber Moment! Ich schlug mir die Pfote vor den Kopf. Mrs Brisbane hat »Vater« gesagt. Und letztes Mal war nur Mirandas Mom da. Und Clem natürlich. Und Fanny, der Fisch. Vielleicht konnte mir Mirandas Vater den Köter ja irgendwie vom Hals halten!

»Ich glaube, Rocky ist einverstanden«, sagte Mrs Brisbane lächelnd.

Ich konnte den ganzen Nachmittag an nichts anderes denken. Und nach der Schule kam tatsächlich Mr Golden in die Klasse, um seine Tochter abzuholen. Uff! Ich war froh, dass ich nicht mit Martin Brechbohne im Bus fahren musste. Miranda, meine liebe, fürsorgliche Miranda, warf eine warme Decke über meinen Käfig. Und als sie mich hinaustrug, nahm Mrs Brisbane Oschs Glaskasten hoch.

»Aber Sie haben doch gesagt, dass Osch am Wochenende hierbleibt«, sagte Miranda.

Mrs Brisbane lachte. »Das soll eine Überraschung für meinen Mann sein. Er findet Rocky immer so nett, also wird er sich auch über Osch freuen.«

Mir lief es eiskalt über den Rücken – BIB-BER-BIBBER-SCHLOTTER-KALT – und dabei waren wir doch noch im Warmen! Die Brisbanes waren *meine* Freunde. Hatte ich jedenfalls gedacht. Und jetzt wollten sie mich durch einen Frosch ersetzen?

Im Auto blieb mir keine Zeit mehr, über den Verrat der Brisbanes nachzugrübeln. Jetzt stieg die Angst vor Clem in mir auf. Ich konnte seine schlabbrige Zunge und seine Triefnase deutlich vor mir sehen, und wenn ich die Augen zukniff, roch ich den Gestank aus seinem aufgerissenen Rachen. Bestimmt wartete

Clem bereits in Mirandas Wohnung auf mich …

Aber dann hielt der Wagen vor einem Wohnhaus an und nicht vor dem Apartment-Gebäude, in dem Mirandas Mom wohnte. »Da sind wir, Rocky«, sagte Miranda. »Moms Wohnung kennst du ja schon, aber diesmal sind wir bei meinem Dad zu Hause.«

Eine nette Frau namens Mara erwartete uns in der Tür.

»Hallo, Liebling«, sagte Mr Golden und küsste Mara auf die Wange. »Das ist Rocky, der Hamster.«

»Süß«, sagte Mara. »Er kommt ins Kinderzimmer, okay?«

»Warum nicht ins Wohnzimmer?«, fragte Miranda. »Oder ins Esszimmer.«

»Da wäre er wohl im Weg«, sagte Mr Golden. »Wir bringen ihn in euer Zimmer.«

In dem Zimmer, das Miranda bei ihrer Mom hatte, standen ein Bett, ein Schreibtisch und ein Aquarium. Außerdem klebten leuchtende Sterne an der Decke. In diesem Zimmer standen zwei Betten, eine Spiegelkommode, ein Schreibtisch, und Sterne gab es keine. Alles im Zimmer war rosa, von den Wänden bis zu den

Tagesdecken und dem Teppich am Boden. Ein Mädchen in Mirandas Alter lag auf einem der beiden Betten und las in einer Zeitschrift.

»Was ist DAS denn?«, fauchte sie böse.

»Rocky. Er ist unser Klassenhamster«, erklärte Miranda.

»Der bleibt aber nicht in meinem Zimmer«, verkündete das Mädchen.

»Lara, das ist auch Mirandas Zimmer«, sagte Mara, die jetzt neben uns trat. »Stell Rocky auf den Schreibtisch.«

Miranda öffnete vorsichtig den Käfig und rückte meine Leiter und meine Wasserflasche, die auf der Fahrt verrutscht waren, zurecht.

»Aber Mom, ich muss Hausaufgaben an meinem Schreibtisch machen«, protestierte Lara und setzte sich auf.

Hä? Mara war Laras Mom und gleichzeitig war sie mit Mirandas Dad verheiratet? Das war ganz schön verwirrend.

»Gut, dann stellen wir den Käfig auf den Boden«, schlug Mara vor.

Im Nebenzimmer schrie ein Baby.

»Ich muss schnell nachsehen, was mit Ben los ist«, sagte Mara. Mr Golden folgte ihr und Lara stand auf, um die Tür zu schließen.

»Der bleibt aber auf deiner Zimmerseite«, sagte sie zu Miranda. »Und keine Grenzüberschreitungen, klar?«

Dann zog Lara mit ihrem Fuß eine schnurgerade Linie quer über den rosa Teppich.

»Ja, schon gut«, seufzte Miranda. »Das sagst du jedes Mal.«

»Manchmal vergisst du es«, schnaubte Lara. »Und fass ja nichts von meinen Sachen an.«

»Das tu ich doch nie«, protestierte Miranda.

»Letztes Mal hast du meine Haarspange genommen«, behauptete Lara.

»Aber nur aus Versehen! Weil sie genauso aussieht wie meine!« Ich war stolz auf Miranda, dass sie sich wehrte. »Ich hab ja auch kein Theater gemacht, als du dir mein Buch ausgeliehen hast, ohne zu fragen.«

Lara plumpste wieder auf ihr Bett und blätterte in ihrer Zeitschrift. »Wehe, du kommst über die Linie«, murrte sie noch.

Ich hüpfte auf mein Laufrad und sauste herum. Manche Leute finden das lustig. Aber Lara nicht. Stattdessen funkelte sie mich wütend an. »Sag bloß, diese Rennmaus macht auch noch Krach!«, zischte sie. »Tu was, damit das aufhört!«

»Rocky ist keine Rennmaus. Er ist ein Hamster«, verteidigte mich Miranda. Ich hätte sie küssen können! »Du kannst ja im Wohnzimmer lesen«, schlug sie vor.

»Falls es dir entgangen ist: Ich war zuerst hier.« Lara knallte ihre Zeitschrift aufs Bett und stand auf. »Aber bitte – dann mach's dir gemütlich mit deiner dämlichen Pelzkugel! Ich werde euch nicht länger stören … «

Als sie gegangen war, beugte sich Miranda zu meinem Käfig vor. »Mach dir nichts draus, Rocky. Mich mag sie auch nicht. Dabei kann ich doch nichts dafür, dass mein Dad ihre Mom geheiratet hat und dass ich jedes zweite Wochenende in ihrem Zimmer wohnen muss.« Seufzend fuhr sie fort: »Ich habe alles versucht, um mich mit ihr anzufreunden, aber es nützt nichts. Sie ist eine böse Stiefschwester, so wie in Dornröschen.«

Miranda sah so TRAURIG-TRAURIG-TRAURIG aus. Deshalb sprang ich auf meine Leiter und ließ mich an einer Pfote herunterbaumeln, um sie aufzuheitern.

Miranda lächelte und deshalb sprang ich gleich weiter auf meinen Baum und schwang mich von Ast zu Ast wie dieser Tarzan, den ich mal im Fernsehen gesehen habe. Diesmal lachte Miranda sogar.

Dann kam Lara mit saurem Gesicht zurück. So muss ich ausgesehen haben, als mir einer aus der Klasse (ich weiß immer noch nicht, wer) eine Zitronenscheibe in den Mund gesteckt hatte.

»Mom sagt, wir sollen ihr beim Abendessen helfen. Sie muss das Baby füttern.«

Dann verschwand Lara genauso schnell wieder, wie sie gekommen war.

»Bis gleich, Rocky«, flüsterte Miranda. »Und lauf ja nicht über die Linie, hörst du?«

Als sie gegangen war, kniff ich die Augen zusammen, aber ich sah keine Linie. Nur ein Meer von Rosa. So viel Rosa, dass mir fast schlecht davon wurde.

Später am Abend, als Miranda ein Bad nahm, war ich mit Lara allein. Ich gab mir Mühe, freundlich zu sein.

»Du hast ein schönes Zimmer«, quiekte ich.

Lara drehte sich zu mir um und runzelte die Stirn. »He, hast du mich angequiekt, oder wie?« Kopfschüttelnd fügte sie hinzu: »So langsam reicht's mir, ehrlich. Ich meine, früher hatte ich mal ein eigenes Zimmer, bevor meine Mom *diesen Mann* geheiratet hat. Und plötzlich hab ich 'ne Stiefschwester am Hals, die sich in meinem Zimmer breitmacht, und einen kleinen Bruder, der die ganze Zeit schreit. Für die bin ich doch nur noch Luft! Und jetzt auch noch dieses Meerschweinchen.«

Das war keine große Beleidigung. Meerschweinchen sind süß und pelzig, so wie ich, nur eben nicht *ganz* so süß. Auf jeden Fall konnte ich Lara verstehen. Ich war auch nicht glücklich darüber, dass Osch in Zimmer 26 eingezogen war. Und niemand hatte mich gefragt, genau wie bei Lara. Nur mit dem Unterschied, dass Miranda total nett ist, und Osch, na ja, Osch …

Als Miranda zurückkam, gingen die beiden Mädchen ins Bett.

»Nacht, Rocky«, sagte Miranda zu mir.

Dann herrschte Totenstille. Keine der beiden sagte ein Wort.

Mir stand eine lange Nacht bevor, und da ich nachtaktiv bin und meistens am Tag schlafe, hatte ich viel Zeit zum Nachdenken.

Nach allem, was Lara mir erzählt hatte, verstand ich jetzt besser, warum sie so gemein zu Miranda war. Schade, dass ich nicht Psychologie studiert habe, so wie Natalie, sonst hätte ich vielleicht in ihren Kopf hineinsehen und sie dazu bringen können, dass sie Miranda genauso gern mag wie ich.

Am nächsten Morgen säuberte Miranda meinen Käfig, während Lara auf dem Bett herumlungerte und in ihr Tagebuch schrieb.

»Was machst du da eigentlich?«, fragte sie Miranda.

»Ich werfe die alte Einstreu weg und lege frische rein. Außerdem wechsle ich das Wasser und so.«

Lara knallte ihr Tagebuch zu. »Waaas? Der wird doch nicht … ich meine, der geht doch nicht da drin aufs Klo, oder?«

»Ja, klar.«

Lara sprang von ihrem Bett auf und zeigte mit dem Finger auf die Tür. »So was Ekliges hab ich ja noch nie gehört! Bring dieses Dingsda aus meinem Zimmer, und zwar dalli!«

(Ich habe schon viel über die Menschen gelernt, aber ich weiß bis heute nicht, warum sie immer so ein Theater wegen meiner Töpfchen-Ecke machen. Ich bin ein sauberer Hamster, das könnt ihr mir glauben.)

Miranda rührte sich nicht. »Er ist auf meiner Seite«, sagte sie nur.

Logisch war ich das. Andererseits konnte ich auch verstehen, warum Lara so kratzbürstig war, denn sie hatte in letzter Zeit vieles mitmachen müssen. Außerdem ist es nicht leicht, mit einem neuen Zimmergenossen zurechtzukommen. Das wusste ich aus eigener Erfahrung. Aber ich wusste auch, was für eine gute Freundin Miranda sein konnte. Freunde müssen sich gegenseitig helfen, sagte ich mir. Es war an der Zeit, etwas zu unternehmen.

Und langsam entstand ein Plan in meinem Kopf. Ein psychologischer Trick, wie ich es bei Natalie gesehen hatte. Wenn Miranda es nicht schaffte, Lara mit Freundlichkeit herumzukriegen, musste es eben anders gehen. Mein Plan zielte darauf ab, die beiden richtig wütend aufeinander zu machen, sodass sie sich noch weniger mochten als bisher (falls das überhaupt möglich war).

Ich weiß, das klingt verrückt, aber erinnert ihr euch noch an Natalies Trick? Man muss den Leuten das Gegenteil von dem erzählen, was sie machen sollen.

Kurz darauf verkündete Mr Golden, dass er

die ganze Familie ins Museum mitnehmen wollte, und das war DIE Chance für mich, meinen Plan in die Tat umzusetzen.

»Muss das sein?«, maulte Lara. »Ich würde viel lieber dableiben.«

»Kommt nicht infrage, wir gehen alle zusammen, wir sind schließlich eine Familie«, sagte Laras Mom.

Lara rümpfte die Nase. »Kommt das Baby auch mit?«

»Ja, natürlich«, sagte Mirandas Dad. »Wir setzen deinen kleinen Bruder in den Buggy. Das wird ihm gefallen.«

Alles Murren und Knurren half nichts, Lara musste mit und ich hatte bald das ganze Haus für mich allein. Mein Plan war nicht einfach – ich musste schnell, stark und mutig sein und außerdem brauchte ich Zeit. Aber für meine Freundin Miranda würde ich alles tun. Falls der Trick tatsächlich funktionierte …

Als alle weg waren, stieß ich die Klappe auf, die nicht richtig schließt, und huschte zu Laras Bett hinüber. Den ganzen Morgen hatte ich hinübergestarrt und mir genau überlegt, wie ich mich Pfote über Pfote am Bettüberwurf hinaufhangeln würde. Keuchend und zitternd vor Anstrengung kam ich oben an, aber ich hatte es geschafft! Auf der Tagesdecke lag der pink-violett gestreifte Stift, mit dem Lara in ihr Tagebuch geschrieben hatte. Ich versetzte ihm einen kräftigen Stoß, sodass er vom Bett herunterrollte und auf den Boden fiel.

Dann kletterte ich zu Laras Nachttisch hinüber, wo ihr rosa Armband lag, auf dem mit weißen und lila Perlen ihr Name aufgestickt war.

Der nächste Teil meines Plans war der lustigste. Ich packte einen Zipfel der Bettdecke und schwang mich daran wieder nach unten.

Aber ich war noch lange nicht fertig. Jetzt kletterte ich mühsam an Mirandas Bettdecke hinauf, um ihren goldenen Ring mit dem rosa Stein zu holen, den ich ebenfalls auf den Boden stieß. Als Nächstes warf ich das komische rote Ding hinunter, mit dem sie sich manchmal die Haare hochbindet. (Woher soll ein kleiner Hamster wissen, wie so was heißt?)

Ich war jetzt schon halb am Ziel, aber der schwierigste Teil meines Plans stand mir noch bevor.

Den ganzen Morgen hatte ich eine große Schnurrolle studiert, die auf dem Schreibtisch stand. Von dieser Rolle hing ein langes Stück Schnur bis fast auf den Boden herunter. Ich ließ mich an der Bettdecke nach unten gleiten und flitzte zum Schreibtisch rüber. Puh! Langsam kam ich ganz schön ins Schwitzen. Ich zog an der Schnur, so fest ich konnte. Sie rollte sich immer weiter ab und fiel irgendwann auf den Boden. Ich nagte sie durch und machte mich an die Arbeit.

Ich schlang die Schnur um den Stift und das Armband, packte die Schnur mit den Zähnen und kletterte wieder an Mirandas Bettdecke hinauf. Uff! Bewegung ist gesund, sagt Mrs Brisbane immer, aber das hier war harte Arbeit! Sobald ich auf dem Bett angekommen war, zerrte ich an der Schnur und zog den Stift und das Armband herauf. (Die beiden Sachen

waren ganz schön schwer für einen kleinen Hamster, das könnt ihr mir glauben!) Behutsam legte ich alles auf Mirandas Kissen, sodass man es von Weitem sehen konnte. Die Schnur fummelte ich wieder ab, denn die brauchte ich noch.

Ich hätte mich jetzt gern ausgeruht, doch dazu blieb keine Zeit. Schnell rutschte ich auf den Boden hinunter, schlang die Schnur um Mirandas Ring und das rote Stoffding, zog es auf Laras Bett hinauf und legte es auf ihr Kissen. (Zum Glück waren Mirandas Sachen nicht so schwer wie die von Lara.) Die Schnur ließ ich unter Laras Bett verschwinden, damit niemand etwas bemerkte.

Geschafft! Wenn die beiden Mädchen in ihr Zimmer zurückkamen, würde Miranda Laras Sachen auf ihrem Kopfkissen finden und Lara Mirandas Sachen auf ihrem.

Blitzschnell huschte ich in meinen gemütlichen Käfig zurück und schloss die Klappe hinter mir. Ich wollte in Sicherheit sein, wenn die Bombe hochging!

»Kleine Freunde sind oft die besten.«
Äsop, Fabeldichter

DIE SCHRECKENSNACHT

Lara stürmte als Erste herein und warf sich mit einem tiefen Seufzer auf ihr Bett.

»O Mann, war das toll«, stieß sie hervor. »Besonders als das Baby im Restaurant gespuckt hat.«

Ich glaube nicht, dass sie mit mir redete, aber ich hörte trotzdem zu.

Ein paar Sekunden später kam Miranda ins Zimmer. »Hi, Rocky. Hast du mich vermisst?«, fragte sie und beugte sich dicht über meinen Käfig.

»Klar doch!«, quiekte ich.

»Willst du jetzt auch noch behaupten, dass du verstehst, was er sagt?«, fragte Lara höhnisch.

»Ja, irgendwie schon«, antwortete Miranda. »Ich glaube, er will mir sagen, dass er mich sehr vermisst hat.«

Bingo!

Ich hielt den Atem an, als Lara nach ihrem Tagebuch und ihrem Stift griff. »Wo ist mein Kugelschreiber?«, fragte sie und starrte auf ihr Kissen. »Wie kommt das denn hierher?«

Miranda zeigte auf Laras Bett. »He, da liegt mein Haargummi.«

So heißt das also.

»Und mein Ring!« Miranda sprang auf, überquerte die imaginäre Linie und packte ihre Sachen. »Du hast ihn genommen!«

Lara entdeckte jetzt ihre Sachen auf Mirandas Kissen. »Da! Mein Kugelschreiber! Du hast ihn geklaut! Und mein Namensarmband!« Sie packte ihre Sachen und funkelte Miranda wütend an. »Immer nimmst du meine Sachen!«

»Und du meine! Ich hab deine noch nie angerührt«, fauchte Miranda zurück. So wütend hatte ich sie noch nie gesehen.

Laras Gesicht war knallrot. »Warum soll ich deinen blöden Ring und dein dämliches Haargummi nehmen? Ich hab genug Ringe, verstehst du?«

»Und warum soll ich deinen bescheuerten Kugelschreiber und dein doofes Namensarmband stehlen? Und dann auch noch auf mein Kopfkissen legen, wo es jeder sehen kann?«

»Weil du mich ärgern willst! Aus purer Gemeinheit!«

»Ich bin nicht gemein«, protestierte Miranda. »Außerdem ist es doch komisch, dass meine Sachen auf deinem Kissen waren, und deine auf meinem, oder?«

Lara dachte einen Augenblick nach. »Ja, genau – als ob das jemand absichtlich gemacht hätte.«

»Damit wir es gleich merken«, stimmte Miranda zu.

Und auf einmal redeten sie miteinander, anstatt zu streiten. Ich überkreuzte meine Pfoten. Hoffentlich klappte es!

Lara lehnte sich auf ihrem Bett zurück. »Aber wer sollte so etwas machen? Meine Mom jedenfalls nicht. Und dein Dad auch nicht.«

Miranda ließ sich auf ihr Bett fallen. »Und das Baby schon gar nicht«, kicherte sie.

»Vielleicht war es Rocky?«, sagte Lara und kicherte auch.

Ich kicherte mit.

»Auf jeden Fall sind die Sachen nicht von selbst durch die Luft geflogen«, stellte Miranda fest. »Irgendjemand muss sie uns aufs Kopfkissen gelegt haben.«

»Oder irgendetwas«, sagte Lara. »Ein Geist zum Beispiel.«

Miranda wurde blass. »Habt ihr Geister im Haus?«, fragte sie entsetzt.

»Nein«, sagte Lara und schüttelte den Kopf. »Ich glaube nicht.«

»Es gibt auch gar keine Gespenster«, beharrte Miranda, aber ihre Stimme zitterte verdächtig.

»NEIN-NEIN-NEIN«, quiekte ich. »Gespenster gibt es nur in Geschichten.« Ganz sicher war ich mir allerdings auch nicht.

»Klar gibt es keine Gespenster«, sagte Lara. Dann schlug sie ihr Tagebuch auf und riss eine Seite heraus. »Ich schreibe jetzt alle Möglichkeiten auf, wer es getan haben könnte. Nummer 1: Miranda.«

»Ich war's aber nicht!«, rief Miranda empört.

»Ich schreib ja nur alle auf, die infrage kommen. Miranda, ich, meine Mom, dein Dad, Ben, Rocky. Sonst ist niemand im Haus, oder? Höchstens noch ein Einbrecher.«

Mir sträubten sich die Haare. Einbrecher waren etwas ganz Schreckliches, das wusste ich.

»Einbrecher schlagen die Fensterscheiben ein und stehlen irgendwelche Sachen«, wandte

Miranda ein. »Aber die Türen waren abge-
schlossen und die Fenster zu. Außerdem war
auch nichts gestohlen.«

»Ich schreib trotzdem alles auf. Einbrecher.
Geister.« Lara starrte auf das Blatt. »Schwörst
du, dass du es nicht warst?«

»Ja«, sagte Miranda.

»Und ich schwöre, dass ich es auch nicht
war. He, Moment mal – vielleicht war's ja doch
Rocky?« Lara sprang auf, kam zu meinem Käfig,
beugte sich herunter und untersuchte die Tür.
»Nö. Er kann's auch nicht gewesen sein, weil
seine Käfigtür zu ist.«

Uff! Zum Glück fallen immer alle auf meine
gute alte Klappe herein, die nicht richtig
schließt.

»Dann bleibt nur noch der Geist auf meiner
Liste – alles andere ergibt keinen Sinn«, verkündete Lara.

»Aber Geister gibt's doch nicht«, beharrte
Miranda.

»Ja, stimmt«, sagte Lara.

Zum ersten Mal waren die beiden Mädchen
sich über etwas einig. Das war immerhin ein
Fortschritt.

Als Lara und Miranda später zum Abendessen gerufen wurden, gingen sie zusammen hinaus. Und sie kamen auch zusammen zurück.

»Dad sagt, das kann nicht sein«, sagte Miranda.

»Und Mom auch«, stimmte Lara zu. »Also was jetzt?«

Die beiden Mädchen plumpsten auf ihre Betten. »He, ich habe eine super Idee«, sagte Lara. »Wir bleiben einfach die ganze Nacht auf.«

»Warum?«

»Na, weil wir dann sehen, ob ein Geist auftaucht oder nicht.«

Mir lief es eiskalt über den Rücken, obwohl ich doch am besten wissen musste, wer die Sachen vertauscht hatte. Und ich wusste auch, dass es keine Gespenster gibt. Aber man kann ja nie wissen. Und der Gedanke, dass mitten in der Nacht ein Geist auftauchen könnte, war SCHAURIG-SCHAURIG-SCHAURIG.

»Licht aus, ihr beiden«, sagte Mr Golden, der lächelnd in der Tür stand. »Und träumt was Schönes. Du natürlich auch, Rocky.«

»Danke!«, quiekte ich.

»Na, seid ihr schon im Bett?«, fragte Mara,

die mit dem Baby im Arm in der Tür auftauchte.

»Ja, Mom.« Lara kuschelte sich in ihr Kissen
und zog die Decke über sich.

Dann ging das Licht aus und es wurde
DUNKEL-DUNKEL-DUNKEL im Zimmer,
nur das kleine Nachtlicht an der Wand ver-
breitete einen sanften rosa Schimmer.

Die Mädchen schwiegen eine Weile. Schließlich wisperte Lara: »Bist du noch wach?«

»Ja«, flüsterte Miranda zurück.

»Kennst du zufällig eine gute Gruselge-
schichte?«, fragte Lara.

Mich fragte niemand, obwohl ich eine
Menge erzählen könnte. Zum Beispiel, wie
Clem mich beinahe aufgefressen hatte. Oder
mein erster Abend in Zimmer 26, als Aldo mir
den Schreck meines Lebens einjagte, weil ich
ihn für ein Gespenst hielt!

Miranda dachte einen Augenblick nach und
sagte: »Ich weiß noch eine vom Ferienlager.«

»Schieß los«, sagte Lara. »Aber nicht so laut.«

Und dann erzählte Miranda – meine süße,
liebe Gold-Miranda – eine wahrhaft fellsträu-
bende Geschichte von einem Mann, der sich
als Geist entpuppte. Es war noch viel gruse-

liger, als wenn Clem mit seiner Triefnase an meinem Käfig geschnüffelt hätte.

»Die war gut«, sagte Lara. »Aber ich weiß auch eine.«

Laras Geschichte war fast noch schlimmer: Ein paar Kinder trafen sich nachts auf dem Friedhof, um sich gegenseitig zu beweisen, dass sie keine Angst hatten. Eines der Mädchen sah plötzlich eine grässliche Fratze und fiel vor Schreck in Ohnmacht. Mir wurde ganz flau im Magen, besonders als ich nach dieser Geschichte an Oschs Grinsen dachte.

»Lara?«, flüsterte Miranda plötzlich. »Ich glaube, ich will jetzt keine Gruselgeschichten mehr hören. Mir ist schon ganz komisch.«

»Mir auch«, gab Lara zu. »Lass uns lieber schlafen.«

Eine Weile blieb es totenstill. Viel zu still für ein nachtaktives Wesen wie mich. Als ich es nicht mehr aushielt, sprang ich auf mein Laufrad und sauste herum. Ich schätze, das Ding muss dringend geölt werden, weil es so grässlich quietschte. Quieeetsch! Quieeetsch! Quieeetsch!

Und plötzlich kreischten beide Mädchen los: »Aaaaaaah!« Im Schein des Nachtlichts konnte ich sehen, wie sie aus ihren Betten sprangen und sich aneinander festklammerten.

Dann flog die Tür auf und das große Licht ging an.

»Aaaaaaah!«, kreischten die Mädchen wieder.

»Ich bin's nur« sagte Mr Golden und stürzte herein. »Was ist denn los?«

Er war wohl genauso verblüfft wie ich, als er Miranda und Lara eng umschlungen sah. Die beiden klammerten sich aneinander fest, als ginge es um ihr Leben.

»Da war so ein grässliches Geräusch«, krächzte Lara.

»Ganz schrecklich«, stieß Miranda hervor.

Für mich war es das Stichwort, wieder auf mein Laufrad zu springen. »Quieeetsch!«

Alle starrten mich an.

»Meint ihr das da?«, sagte Mirandas Dad und zeigte auf meinen Käfig.

»Ja, genau«, quiekte ich.

Die beiden Mädchen kicherten.

»Das war Rocky«, sagte Miranda.

»Ich dachte, es ist ein Geist«, sagte Lara.

Mr Golden lachte auch. »Ich glaube, *der* Geist ist harmlos«, sagte er. »Meint ihr, dass ihr jetzt wieder einschlafen könnt, ihr beiden? Oder vielmehr ihr drei?«

Miranda und Lara gingen wieder ins Bett und Mr Golden deckte die Mädchen zu.

»Kichern dürft ihr, so viel ihr wollt«, sagte er noch. »Aber geschrien wird jetzt nicht mehr, okay?« Dann knipste er das Licht aus und ging aus dem Zimmer.

Eine Weile blieb es wieder still und ich hielt mich von meinem Laufrad fern. Dann hörte ich Lara flüstern: »Miranda, kannst du heut Nacht bei mir schlafen? Nur ausnahmsweise?«

»Das wollte ich dich auch gerade fragen«, sagte Miranda und kroch zu Lara ins Bett.

»Hast du schon die Geschichte von dem Geist auf dem Speicher gehört?«, flüsterte Lara.

»Erzähl«, sagte Miranda.

Und Lara erzählte. SCHAUDER-SCHAU-DER-SCHAUDER. Ich hätte die ganze Nacht kein Auge zutun können, selbst wenn ich nicht nachtaktiv wäre!

Am Sonntagmorgen redeten die beiden Mädchen nicht mehr von den vertauschten Sachen oder von der imaginären Grenzlinie. Stattdessen saßen sie einträchtig am Schreibtisch und machten ihre Hausaufgaben, flochten sich gegenseitig die Haare und bauten mir ein Labyrinth auf.

Und als sie sich am Montagmorgen Tschüss sagten, fügte Miranda hinzu: »Bis in zwei Wochen, Lara.«

»Ja, super!«, antwortete Lara.

>»Freunde teilen alles miteinander.«*
Diogenes, griechischer Philosoph

STREIT LIEGT IN DER LUFT

Ich war ziemlich stolz auf mich, als ich in die Schule zurückkehrte.

Bis mir wieder einfiel, wo Osch das Wochenende verbracht hatte. Das wurmte mich so, dass ich kaum noch mitbekam, was Mrs Brisbane erzählte. Ich musste dauernd daran denken, wie gut es Osch bei den Brisbanes ergangen war. Verstohlen spähte ich zu meinem Nachbarn hinüber. O nein, schon wieder dieses Grinsen im Gesicht! Osch sah aus wie ein gruseliger grüner Halloween-Kürbis.

Draußen war es KALT-KALT-KALT, was zur Folge hatte, dass die Heizung voll aufgedreht wurde. Puah! Für eine kaltblütige Amphibie wie Osch war das vielleicht okay, aber ich hätte mir am liebsten das Fell vom Leib gerissen. Außerdem schien den Grillen die Wärme zu gefallen, denn sie fingen wie verrückt an zu zirpen. Und dann noch das nervtötende Quietschen, das aber diesmal nicht von mir kam, sondern von Sam, der mit den Beinen zappelte. Es klang wie »Hänschen klein«: quietsch-quietsch-QUIETSCH … quietsch-quietsch-QUIETSCH … quietsch-quietsch-quietsch-quietsch-quietsch-quietsch-QUIETSCH! Katie fing natürlich an zu kichern, sodass Mrs Brisbane sie laut ermahnen musste. Ich sehnte mich nach ein bisschen Ruhe und Frieden in der Pause (Osch redet ja sowieso nicht mit mir), aber dann kam plötzlich alles anders. Mrs Brisbane verkündete nämlich, dass die ganze Klasse heute drinnen bleiben musste. Und dann holte sie lauter interessante Spielsachen hervor. Ich wäre am liebsten aus meinem Käfig gehuscht und hätte mitgemacht.

Ari und Richie bauten einen hohen Turm aus winzigen Bauklötzen und Daniel und Sam arbeiteten an einem Puzzle. Adam und Greg spielten mit Karten, die sie mit voller Wucht auf den Tisch knallten. Heidi und Katie schoben kleine Plastikmännchen über ein buntes Brett. Mandy, Sayeh und Miranda kamen zu Tamara und fragten sie, ob sie mitspielen wollte. Aber Tamara blickte kaum auf, sondern schüttelte nur stumm den Kopf.

»Warum fragen wir sie überhaupt?«, zischte Mandy den anderen Mädchen zu. »Sie will doch sowieso nicht!«

Sayeh seufzte traurig. Ich wusste, wie ihr zumute war.

»He, Osch, hörst du mich?«, quiekte ich. »Ich muss dich mal was fragen.« Ich verstand zwar seine Sprache nicht, aber vielleicht verstand er meine?

»Siehst du jetzt, wie lustig es ist, mit guten Freunden zu spielen?«, fuhr ich fort. Stille. Okay, vielleicht klang es für Osch wie »quiek-quiek-quiek«, aber er hätte ja wenigstens mit einem »BOING!« antworten können.

Wahrscheinlich musste ich lauter quieken. Ich verstand ja kaum mein eigenes Wort bei dem Geschrei in der Klasse.

Geschrei?

Ich spähte herum, weil ich wissen wollte, wer diesen ganzen Radau machte. Es war nicht Adam, wie ich gedacht hatte, und auch nicht Richie. Nein, es war Katie. Katie hatte aufgehört zu kichern und brüllte stattdessen. Ich traute meinen niedlichen kleinen Hamsterohren nicht, aber

Katie schrie tatsächlich ihre beste Freundin an.

»Du hast gemogelt! Ich hab's gesehen«, brüllte sie.

»Hab ich nicht«, sagte Heidi. »Ich mogle nie!«

»Doch, du hast gemogelt, das weiß ich genau. Immer gewinnst du. Ich spiele nie wieder mit dir, du Betrügerin!«, schrie Katie.

Mrs Brisbane ging schnell zu ihnen. »Also wirklich, Kinder.«

»Ich hab nicht gemogelt«, beharrte Heidi. »Ich bin keine Betrügerin.«

Katie steckte sich die Finger in die Ohren. »Bist du doch. Betrügerin! Betrügerin!«

Inzwischen hatten alle aufgehört zu spielen und starrten die beiden Mädchen an. Mrs Brisbane stand zwischen ihnen. »Jetzt beruhigt euch doch, ihr beiden!«

Heidi und Katie verstummten, aber sie funkelten sich böse an.

»Sag mir, was passiert ist, Katie. Aber ganz ruhig.«

Katie wischte sich die Tränen ab. »Sie ist sechs Felder vorgerückt, obwohl sie nur fünf durfte. Und dann ist sie auf ein Ereignisfeld gekommen und hat gewonnen. Sie hat gemogelt!«

»Hab ich nicht!«, brüllte Heidi. »Ich bin nur fünf vorgerückt!«

Die Lehrerin hielt beide Hände hoch. »Schluss jetzt, alle beide. Wir reden erst weiter, wenn ihr euch beruhigt habt. Zwei so gute Freundinnen wie ihr! Aber das kriegen wir schon wieder hin.«

»Sie ist nicht mehr meine Freundin!«, stieß Katie hervor und schluchzte noch lauter.

»Umso besser!«, schoss Heidi zurück. »Ich kann dich sowieso nicht leiden, du Heulbaby!«

»Betrügerin!«

Mrs Brisbane schüttelte den Kopf. »Heidi, du gehst jetzt rüber zu Rocky und Osch«, sagte sie energisch. »Und du, Katie, setzt dich an meinen Schreibtisch. Und dann beruhigt ihr euch gefälligst.«

Die Mädchen gehorchten. Ich glaube, sie waren froh, dass sie voneinander fortkamen. Ein paar Sekunden später lehnte Heidi an dem Tisch, auf dem Osch und ich wohnen.

»Heulbaby«, flüsterte sie so leise, dass nur wir es hören konnten.

Ich konnte mir nicht vorstellen, dass Heidi

und Katie sich plötzlich nicht mehr mochten. Freunde verstehen sich immer, hatte ich gedacht, komme, was wolle.

»Erst kichert sie die ganze Zeit und dann heult sie herum, dieses Heulbaby«, murrte Heidi weiter.

Katie, die an Mrs Brisbanes Pult saß, funkelte zu Heidi herüber, während sie sich die letzten Tränen abwischte.

Als die Spielpause fast vorbei war, ging Mrs Brisbane mit den Mädchen auf den Flur hinaus, um mit ihnen zu reden. Nach einer Weile kamen alle drei zurück und Katie und Heidi gingen still an ihre Plätze. Aber sobald Mrs Brisbane ihnen den Rücken kehrte, streckten sie sich gegenseitig die Zunge heraus. Vielleicht war Freundschaft doch nicht so toll, wie immer behauptet wurde?

In der Nachmittagspause schneite es und Mrs Brisbane teilte die Klasse in vier Gruppen auf. Jede Gruppe musste verschiedene Fragen beantworten und die Antwort musste einstimmig gegeben werden. Mrs Brisbane schrieb die Punkte auf, die sie dafür bekamen.

Heidi und Katie wurden vorsichtshalber in getrennte Gruppen gesteckt, damit sie sich nicht streiten oder dumme Grimassen schneiden konnten. Ihre Gruppen verloren beide.

Die Siegermannschaft bestand aus Miranda, Daniel, Sam und Tamara. Und das Tollste war, dass sie wegen Tamara gewannen. Ich konnte es kaum glauben.

Mrs Brisbane stellte jeder Gruppe Fragen aus allen möglichen Bereichen: Bücher, Gedichte, Sport, Pflanzen, Tiere (aber nicht Hamster, wie ich leider feststellen musste) und Länder. Über Tiere wussten alle etwas, und Sayeh war die Beste in Länderfragen. (Wusstet ihr, dass es ein Land mit einer Hauptstadt namens Tegucigalpa gibt? Ich habe den Namen sofort in mein Notizbuch geschrieben.)

Aber Tamara war die Beste in Sportfragen. Sie kannte alle Fußballmannschaften, Volleyballregeln und Handballweltmeister. Und je weiter das Fragespiel voranschritt, desto mehr Sportfragen wurden gestellt. Vielleicht war das Zufall, aber bei Mrs Brisbane passiert nichts nur zufällig.

Am Ende der Pause hatte Tamaras Mannschaft 40 Punkte und sie hätten noch mehr bekommen, wenn Daniel nicht zum Schluss eine falsche Antwort gegeben hätte. Aber das war egal. Die zweitbeste Mannschaft hatte nur 28 Punkte.

»Wir haben gewonnen!«, brüllte Sam. »Jippiie!« Dann klatschte er Tamara, Miranda und Daniel ab.

»Ein dreifaches Hurra für Tamara!«, rief Miranda.

»Hipp-hipp-hurra! Hipp-hipp-hurra! Hipp-hipp-hurra«, quiekte ich und sprang begeistert auf und ab.

Jetzt sagte niemand mehr »Babykram« zu ihr. Und Tamaras Augen leuchteten vor Freude.

Nur Heidi und Katie strahlten nicht. Ich ertappte Katie sogar dabei, wie sie ganz leise »Betrügerin« zu Heidi hinüberzischte, als niemand herschaute. Heidi streckte Katie die Zunge heraus. Das war so traurig, dass selbst einem ausgewachsenen Hamster wie mir die Tränen kommen konnten.

»Ich weiß, dass du mich nicht verstehst, Osch, aber trotzdem – du findest doch auch, dass Heidi und Katie sich wieder versöhnen sollten, oder?«, fragte ich meinen Nachbarn, als alle nach Hause gegangen waren. Ich erwartete keine Antwort, ich dachte nur laut.

Umso verblüffter war ich, als Osch plötzlich »BOING!« sagte und wie verrückt auf und ab hüpfte. Was war das denn? Hatte der arme Kerl auf einem Reißnagel gesessen oder etwas gegessen, das ihm nicht bekommen war?

»He, Osch, was ist los mit dir?«

»BOING-BOING!«, sagte er. »BOING!«

Ich sprang auf und spähte zu ihm hinüber. Und ich hätte schwören können, dass er mir zustimmte.

»Okay, aber was sollen wir jetzt machen?«, fragte ich ihn. »Wie können wir ihnen helfen?«

Osch hörte auf zu hüpfen, genauso abrupt, wie er begonnen hatte, und saß jetzt stocksteif da, so wie immer. Ich war enttäuscht und verwirrt. Entweder fiel ihm nichts ein oder er hatte aufgegeben, weil ich ihn ja doch nicht verstand. Irgendwie hatte ich das dumpfe Gefühl, dass wir beide versagt hatten.

Endlich machte ich wieder den Mund auf. »Sie waren immer so gute Freundinnen«, seufzte ich.

Osch blieb die restliche Nacht stumm.

Stunden später, als Aldo ins Zimmer kam, grübelte ich immer noch darüber nach, was

Glupschauge mir sagen wollte. Er war ein sehr merkwürdiger Frosch.

»Guten Abend, die Herrschaften. Darf ich eintreten? Ich meine, ich will ja die Party nicht stören«, rief Aldo. Er knipste das Licht an und rollte seinen Putzwagen ins Zimmer.

»Von wegen Party«, quiekte ich ihm zu. »Ohne dich ist hier gar nichts los.«

»Wo wir gerade von Party reden – Richie gibt bald 'ne Riesen-Geburtstagsparty.« Richie Rinaldi ist Aldos Neffe, müsst ihr wissen. »Das wird eine ganz große Sache.«

Für mich war jede Geburtstagsparty eine große Sache, weil ich noch nie bei einer war.

»Ich will ja nichts verraten, aber sie lassen sich echt was einfallen – es gibt eine Show-einlage oder so was. He, Jungs, wollt ihr mal meinen neusten Trick sehen?«, fragte Aldo und packte seinen Besen.

Ich hatte schon oft gesehen, wie Aldo seinen Besen auf einer Fingerspitze balancierte. LANGE-LANGE-LANGE. Und einmal hatte er den Besen sogar auf dem Kopf balanciert.

Aber diesmal warf er den Kopf zurück und balancierte den Besenstiel genauso lang auf seinem Kinn. Als der Besen endlich ins Wackeln kam, riss Aldo ihn herunter und verneigte sich schwungvoll vor uns.

»Bravo, Aldo«, quiekte ich laut.

»Danke, Rocky.« Aldo schaute zu Osch hinüber. »Was ist, Froschi? Gefällt dir mein Kunststück nicht?«

Aldo holte seine Essenstüte vom Wagen und zog einen Stuhl an meinen Käfig. »Na ja, ist ja auch nur ein lächerliches Kunststück. Zu mehr tauge ich sowieso nicht. Ich kann nichts, was irgendwie nützlich ist.«

»Stimmt ja gar nicht«, quiekte ich.

Aldo nahm ein belegtes Brot aus seiner Tüte und fing an zu kauen.

»Nein, Rocky, ich habe in letzter Zeit viel nachgedacht, weißt du. Und zwar darüber«, sagte er und zog ein Blatt Papier aus seiner Tasche. »Das ist das Anmeldeformular für das City College. Wenn ich dorthin will, muss ich es ausfüllen. Und ich hab's auch versucht. Ich hab meinen Namen und meine Adresse draufgeschrieben und das ganze Tralala. Aber bei der Frage, was ich studieren will, wusste ich nicht weiter«, erklärte er. »Ich weiß überhaupt nicht, wo meine Stärken liegen.« Aldo legte sein Brot weg und starrte auf das Formular.

»Ich dachte, ich könnte vielleicht Lehrer werden, aber na ja … Meinst du, die Kinder würden mich mögen? Und bin ich überhaupt schlau genug, um Lehrer zu werden?«

»JA-JA-JA, Aldo! Du musst Lehrer werden! Bitte«, rief ich aufgeregt. Aber diesmal hörte Aldo mich nicht.

»Außerdem brauche ich einen Empfehlungsbrief von einer wichtigen Persönlichkeit. Jemand, der daran glaubt, dass ich es schaffen kann«, sagte Aldo.

»Ich mach das, Aldo«, quiekte ich. »Jederzeit.« Aber Aldo beachtete mich nicht.

Stattdessen warf er seine Essenstüte wieder auf den Wagen. »Ach, egal«, seufzte er. »Ich hab dich übrigens nicht vergessen, Rocky«, fügte er nach einer Weile hinzu und warf mir ein kleines Karottenstück in den Käfig.

»Vielen Dank!«, quiekte ich.

»Gerne«, antwortete er.

Aldo verstand wenigstens, was ich sagte. Und ich verstand: Es musste etwas geschehen.

>*Kränke nie einen Freund,*
nicht einmal im Scherz.«
Cicero, römischer Schriftsteller und Redner

MRS BRISBANE SPRINGT EIN

Als Aldo weg war, entdeckte ich etwas Komisches neben meinem Käfig. Aldo sammelt sonst immer alle Sachen ein, die nicht ins Klassenzimmer gehören. Aber diesmal hatte er etwas vergessen: das Anmeldeformular für das City College. Ich öffnete die Klappe, die nicht richtig schließt, und huschte aus meinem Käfig.

»Keine Sorge, Oschilein, ich tu dir nichts, wenn du mir auch nichts tust«, versicherte ich meinem grünen Nachbarn. Vielleicht, weil ich ein bisschen Bammel hatte, dass er mich wieder anspringen würde.

Das Blatt steckte halb unter meinem Käfig, sodass ich nur mit Mühe lesen konnte, was Aldo geschrieben hatte. Für einen kleinen Hamster sehen menschliche Schriftzüge RIESIG-RIESIG-RIESIG aus. Ich kniff die Augen zusammen und entzifferte: FACHRICHTUNG.

In der Zeile darunter hatte Aldo »Pädagogik – Lehramt« eingetragen und wieder durchgestrichen.

Unter »Empfehlungen« hatte er gar nichts eingetragen. Mir zuckten die Pfoten, weil ich am liebsten meinen kleinen Bleistift hervorgeholt hätte, um ihm selber eine schöne Empfehlung zu schreiben. Aber was zählt schon die Meinung eines kleinen Hamsters an so einem großen College? Selbst wenn es ein Klassenhamster war, der lesen und schreiben konnte. Nein, Aldo brauchte eine Empfehlung von jemand, der viel größer und wichtiger war als ich.

Ich wusste auch schon, wer dieser Jemand war. Und ich war ziemlich sicher, dass sie ihm helfen würde.

Behutsam zog ich das Formular ein Stück weiter hervor und ließ es gut sichtbar zwischen meinem Käfig und Oschs Glaskasten liegen.

»Spritz hier ja nicht rum, Osch«, ermahnte ich meinen Nachbarn. »Das Formular muss schön sauber bleiben.«

Osch platschte die ganze Nacht kein einziges Mal. Wer weiß, vielleicht verstand er mich doch, obwohl er keine Ohren hatte?

Am nächsten Morgen konnte ich es kaum erwarten, bis Mrs Brisbane zur Tür hereinkam. Als sie endlich auftauchte, brauchte sie eine Ewigkeit, um ihren Mantel und ihre Handschuhe auszuziehen und ihren Papierkram auf dem Schreibtisch auszubreiten. Endlich schlenderte sie – LANGSAM-LANGSAM-LANGSAM – zu meinem Käfig herüber.

»Morgen, Rocky«, sagte sie lächelnd. »Sei froh, dass du bei dieser Kälte nicht rausmusst. Du hast es gut, du kannst hier schön gemütlich in deinem Käfig sitzen bleiben.«

In meinem Käfig sitzen bleiben? Pah, wenn du wüsstest!

Dann drehte sich Mrs Brisbane zu Osch um. »Morgen, Osch«, sagte sie. »Amphibien sind kaltblütig, wie du vielleicht im Unterricht gehört hast. Deshalb müssen wir dich warm halten.« Sie lächelte meinem Nachbarn freundlich zu und wandte sich ab.

»Warte! Halt!«, rief ich und sprang verzweifelt auf und ab. »Schau auf das Papier! Los, guck schon hin!«

Mrs Brisbane drehte sich lachend um. »Was ist denn los, Rocky? Bist du eifersüchtig auf Osch?«, fragte sie und beugte sich zu mir vor.

»Du weißt doch, dass du mein absoluter Lieblingshamster bist.«

Mir ging plötzlich durch den Kopf, was Eifersucht überhaupt bedeutet: dass man neidisch auf einen anderen ist. War das vielleicht der Grund, warum ich mich schlecht fühlte, wenn alle um Osch herumgluckten? Ich konnte es selbst nicht sagen. Vor lauter Grübeln hatte ich gar nicht gemerkt, dass Mrs Brisbane sich inzwischen umgedreht hatte und zu ihrem Pult ging.

Oh, nein! Ich hatte das Wichtigste vergessen. Etwas, das WIRKLICH-WIRKLICH-WIRKLICH wichtig war!

»Das Anmeldeformular«, rief ich. Mrs Brisbane würde zwar nur »quiek-quiek-quiek« hören, aber ich musste es zumindest versuchen.

Ihr könnt euch nicht vorstellen, wie froh ich war, als sie zu meinem Käfig zurückkam. »Du liebe Güte, Rocky«, sagte Mrs Brisbane. »Jetzt beruhige dich doch.«

Aber ich beruhigte mich nicht. Ich quiekte und hüpfte, hüpfte und quiekte, weil mir nichts Besseres einfiel. Ich konnte doch nicht einfach meine Käfigtür aufmachen und ihr das Formular in die Hand drücken!

Weil ich ihr dann mein Geheimnis verraten würde – die Klappe, die nicht richtig schließt.

»Was ist das denn?«, fragte Mrs Brisbane plötzlich und nahm das Formular in die Hand. Sie begann zu lesen. »Aldo muss es hier vergessen haben. Ich lege es in sein Postfach.«

Dann faltete sie das Blatt zusammen, ohne es zu Ende zu lesen.

»Sag's ihr, Osch! Bitte! Hilf mir – hilf Aldo!«, quiekte ich in den höchsten Tönen und zu meiner Überraschung gab Osch ein lautes »BOING!« von sich. Das war sehr anständig von ihm.

»Was habt ihr denn, ihr beiden? Es ist doch nur ein Anmeldeformular. Und es ist privat.«

»BOING-BOING!«

»Quiek-quiek-quiek!«

Osch und ich machten so viel Lärm, dass Mrs Brisbane völlig ratlos war. Kopfschüttelnd faltete sie das Formular wieder auseinander und fing an zu lesen. Zum Glück, denn ich war schon ganz heiser vor lauter Quieken.

»Aha, Aldo bewirbt sich für das City College. Das ist eine gute Idee. Und er will Pädagogik studieren. Aber warum hat er es dann wieder durchgestrichen? Das ist komisch … «

»Frag ihn!«, quiekte ich mit letzter Kraft.

»Wisst ihr was? Ich rufe Aldo einfach mal an«, sagte Mrs Brisbane.

»Hi, Mrs Brisbane!«, ertönte eine laute Stimme. Es war Sprich-leiser-Adam.

Mrs Brisbane begrüßte ihn und faltete das Formular zusammen. Dann legte sie es auf ihren Schreibtisch und würdigte es den ganzen Tag keines Blickes mehr.

Jetzt konnte ich nur noch meine Pfoten drücken, dass sie es nicht vergaß.

Irgendwann am Nachmittag muss ich eingeschlafen sein, denn ich erwachte von einem Geräusch, das mir inzwischen nur zu vertraut war. »Zirrrp!« Es waren die Grillen, aber diesmal kam das Geräusch aus dem Zimmer.

»Mrs Brisbane?«, rief eine Stimme.

»Zirrrp!«

Die Lehrerin drehte sich von der Tafel um, an die sie gerade eine Matheaufgabe schrieb. »Ja, Daniel.«

»Ich glaube, da ist eine Grille ausgerissen.« Daniel zeigte neben seinen Tisch.

»Dann heb sie bitte auf«, sagte Mrs Brisbane.

»Zirrrp-Zirrrp!«

Daniel beugte sich hinunter und wölbte seine Hände dicht über dem Boden. »Ich hab sie!«

»Gut! Bring sie jetzt dorthin zurück, wo sie hingehört.«

Daniel hob die Hände und richtete sich auf seinem Stuhl auf. »Ich weiß nicht, Mrs Brisbane. Ich hab Angst, dass sie mir entwischt.«

Dann stand er auf und ging langsam zu dem Schrank, in dem die Grillen waren. Alle starrten ihn gebannt an. Als Daniel an Heidi vorbeikam, öffnete er plötzlich seine Hände über ihrem Kopf. »Hoppla! Jetzt hab ich sie fallen lassen. Tut mir leid, Heidi.«

Heidi sprang auf und hüpfte im Zimmer herum, schüttelte wild ihren Kopf und fuhr sich mit den Fingern durch die Haare. »Ihhhh! Nimm das weg von mir! Los, nimm das weg!«, kreischte sie.

Alle lachten. Nur Mrs Brisbane nicht.

»Daniel Chen, du fängst jetzt sofort die Grille wieder ein«, sagte sie streng. »Hast du mich verstanden?«

Daniel grinste. »Das war doch gar keine Grille. Das war ich. Ich hab das Geräusch selber gemacht.«

Heidi blieb abrupt stehen und funkelte ihn an.

»Hier – zirrrp, zirrrp.« Daniel hörte sich wirklich wie eine Grille an. »Junge, Junge, diese Heidi Hopper kann vielleicht hopsen!«, spottete er.

Katie kicherte, aber als Heidi ihr einen bitterbösen Blick zuwarf, hielt sie sich schnell den Mund zu.

Mrs Brisbane ging langsam zu Daniel hinüber. »Diesmal hast du den Bogen überspannt«, sagte sie. »Du bleibst in der Pause da und dann werden wir uns mal unter vier Augen unterhalten.«

Als Daniel an seinen Platz zurückging, war es mucksmäuschenstill im Zimmer. Außer einem lauten »Zirrrp!«.

»Das ist nicht witzig, Daniel«, sagte Mrs Brisbane, ohne sich umzudrehen.

Der arme Daniel. Ich war froh, dass ich nicht in seiner Haut steckte, als die Pausenglocke läutete. Mrs Brisbane wartete, bis alle draußen waren, dann ging sie zu ihm. Junge, Junge, der würde was erleben! Doch was sie dann sagte, warf mich fast um.

»Soll ich dir was verraten, Daniel? Ich finde dich witzig und originell. Du hast mich schon oft zum Lachen gebracht. Und eines Tages können wir dich vielleicht als Comedy-Star im Fernsehen bewundern. Ich werde dann dein größter Fan sein, das verspreche ich dir.«

Daniel fielen fast die Augen aus dem Kopf. Er war genauso verblüfft wie ich.

»Aber … « Aha, jetzt kam der Haken. » … alles zur rechten Zeit und am rechten Ort. Das vorhin war nicht witzig – ich hoffe, dass du den Unterschied irgendwann lernen wirst.«

Ich wartete auf ein »Zirrrp« oder wenigstens auf einen Protest, aber Daniel blieb stumm.

»Warum hast du so getan, als würdest du eine Grille auf Heidis Kopf fallen lassen?«, fragte Mrs Brisbane.

Daniel zuckte mit den Schultern. »Weil es witzig war.«

»Meinst du, Heidi fand das witzig?«

Daniel schüttelte den Kopf.

»Ich glaube, du wolltest Aufmerksamkeit erregen. Und wenn das der Fall ist, hast du dein Ziel erreicht.« Ich bin mir nicht sicher, aber ich glaube, Mrs Brisbane lächelte jetzt. »Und warum machst du das? Warum willst du, dass die anderen auf dich aufmerksam werden?«

Daniel zuckte wieder mit den Schultern.

»Damit alle dich mögen?«, fragte die Lehrerin.

»Kann sein.«

»Dann hab ich eine gute Nachricht für dich. Du kannst dir deine Streiche in Zukunft sparen – die anderen mögen dich auch so. Du bist einer meiner beliebtesten Schüler.«

Ich glaube, jetzt lächelte Daniel auch ein bisschen.

»Also, Daniel, wenn du dir das nächste Mal einen Streich ausdenkst, stell dir vorher zwei Fragen. Erstens: Ist es wirklich witzig oder kränkst du jemand anderen damit? Und zweitens: Machst du es nur, um Aufmerksamkeit zu erregen? Versprichst du mir das?«

»Ja, Mrs Brisbane«, sagte Daniel.

»Gut. Wenn du nämlich so weitermachst wie heute, kannst du bald einen Solo-Auftritt beim Direktor hinlegen. Und der findet das vielleicht gar nicht lustig.«

Daniel war den restlichen Tag ganz still. Genauso wie Osch und die Grillen.

Als meine Klassenkameraden nach Hause gegangen waren, blieb Mrs Brisbane noch eine ganze Weile im Zimmer, viel länger als sonst. Ich erfuhr auch bald, warum. Aldo kam zu ihr in die Klasse.

»Danke für Ihren Anruf, Mrs Brisbane«, sagte er.

»Und ich danke Ihnen, dass Sie extra früher gekommen sind, um mit mir zu sprechen«, antwortete Mrs Brisbane.

Ich musste mir das Lachen verkneifen, als ich die beiden auf den kleinen Stühlen sitzen sah.

»Hoffentlich sind Sie mir nicht böse, dass ich das Formular gelesen habe. Es ging mich ja schließlich nichts an«, sagte Mrs Brisbane.

Schon möglich, aber Osch und ich hatten dafür gesorgt, dass es sie jetzt doch etwas anging.

»Na ja, und ich habe Sie angerufen, weil ich dachte, dass Sie vielleicht mal mit irgendjemandem darüber reden möchten.«

»Ja, das stimmt«, sagte Aldo. Er war ungewohnt still und schrecklich nervös. Ich wusste es, weil er dann immer an seinem Kragen zupfte. »Ich würde gern unterrichten, aber ich … na ja … ich fürchte mich auch davor … «

Mrs Brisbane hörte geduldig zu, als Aldo ihr von seinen Problemen erzählte. Er fürchtete, dass er vielleicht nicht intelligent genug war, um Lehrer zu werden, oder dass er sich vor der Klasse blamieren würde.

»Ach, das geht anfangs jedem so«, sagte Mrs Brisbane lächelnd. »Aber warum glauben Sie, dass der Lehrerberuf das Richtige für Sie ist?«

Und dann legte Aldo los, dass mir fast die Luft wegblieb. Er erzählte, wie sehr er Bücher, Geschichte, Mathe und überhaupt das Lernen liebte … und vor allem Kinder! (Von Hamstern sagte er nichts, aber das war auch nicht nötig. Ich wusste, dass Aldo mich schätzte.)

Als er fertig war, lachte Mrs Brisbane laut

heraus. »Also wenn Sie nicht der geborene Lehrer sind, Mr Amato! Sie müssen unbedingt ans College zurück, sonst kriegen Sie Ärger mit mir.«

»Aber wie kann ich mir da sicher sein?«, fragte Aldo.

»Möchten Sie es ausprobieren?«, sagte Mrs Brisbane.

»Ausprobieren? Sie meinen, unterrichten?«

»Ja. Wir vereinbaren einen Tag, an dem Sie in die Klasse kommen und ein Fach unterrichten, das Sie selber auswählen. Dann wissen Sie, wie es sich anfühlt, vor einer Klasse zu stehen. Und wie die Schüler auf Sie reagieren.«

Aldo stand auf und ging im Zimmer herum. »Das ist ein tolles Angebot. Ich weiß nicht. Klingt gut, wirklich. Ja, vielleicht.«

»Denken Sie erst mal darüber nach, Mr Amato, reden Sie mit Ihrer Frau und geben Sie mir Bescheid«, sagte Mrs Brisbane. »Aber lassen Sie sich nicht zu viel Zeit. Das Formular hier muss in einer Woche eingereicht werden.«

»Ja, ja, das mach ich«, antwortete Aldo. »Wenn ich als Lehrer nur halb so gut wäre wie Sie, würde ich mich glücklich schätzen.«

Mrs Brisbane lachte. »Danke, Mr Amato.

Aber ich habe auch meine schlechten Tage, selbst nach so langer Zeit.«

Aldo schüttelte ihr ungefähr zehnmal die Hand, ehe er endlich ging.

Mrs Brisbane packte ihre Sachen zusammen, aber bevor sie zur Tür ging, drehte sie sich noch einmal zu Osch und mir um. »Na, seid ihr jetzt zufrieden, Jungs?«, sagte sie mit einem Augenzwinkern.

Ich weiß nicht, was Osch dachte, aber ich war GLÜCKLICH-GLÜCKLICH-GLÜCK-LICH, wie schon lange nicht mehr.

Ich hatte gewusst, dass Mrs Brisbane Aldo helfen würde. Aber am nächsten Tag erlebte ich eine Riesenüberraschung.

Als die Pausenglocke läutete, stürzten meine Freunde aus dem Zimmer, um so schnell wie möglich in die Cafeteria zu kommen. Sitz-still-Sam rennt sonst immer als Erster hinaus, aber heute trödelte er an seinem Platz herum.

»Kommst du?«, fragte Daniel ungeduldig.

»Geh schon mal vor«, sagte Sam. »Bis gleich.«

Außer Sam war nur noch Tamara da, die hastig ihren Teddy in die Tasche stopfte, als Sam auf sie zukam.

Ich war gespannt, was er vorhatte. Die Mädchen waren alle abgeblitzt, wenn sie Tamara angesprochen hatten. Und Sam ist ein Junge. Jedes Kind (und jeder Hamster) weiß, dass Mädchen und Jungen nicht befreundet sein können. Das sagen jedenfalls Ari und Richie.

»Woher weißt du eigentlich diese ganzen Sportsachen?«, fragte Sam.

Tamara zuckte mit den Schultern. »Einfach so. Ich mag Sport. Und ich merke mir alles, was ich über Sport höre.«

»Ich auch«, antwortete Sam. »Welchen Sport magst du am liebsten?«

Tamara dachte einen Augenblick nach. »Basketball und Baseball. Football. Tennis.«

»Ich auch«, stimmte Sam zu.

Mrs Brisbane stand in der Tür. »Kommt ihr beiden jetzt?«, fragte sie.

»Gleich«, sagte Sam. Aber er drehte sich wieder zu Tamara um. »Warum hast du eigentlich immer diesen blöden Teddy bei dir?«

Tamara zuckte wieder mit den Schultern.

»Als ich noch klein war, in der ersten Klasse, hab ich immer meinen Lastwagen in die Schule mitgebracht. Ich konnte es einfach nicht ohne ihn aushalten«, gestand Sam.

»Hast du den noch?«, fragte Tamara.

»Ja, in meinem Schrank. Manchmal hol ich ihn raus, aber ich nehme ihn nicht mehr in die Schule mit.«

Mrs Brisbane wartete in der Tür. Jetzt hatte sie es nicht mehr so eilig, zum Essen zu kommen.

»Meine Mom hat mir Alfie geschenkt«, erklärte Tamara. »Meine richtige Mom. Ich hab sie seit vier Jahren nicht mehr gesehen.«

»Oh«, sagte Sam. »Das tut mir leid.«

»Jetzt aber schnell, ihr beiden, sonst verpasst ihr das Mittagessen«, sagte Mrs Brisbane. »Okay.« Sam stürmte zur Tür hinaus, aber Tamara blieb sitzen. Mrs Brisbane ging zu ihr.

»Tamara, ich weiß, dass du viel durchgemacht hast. Deine Pflegemutter hat mir erzählt, dass du in den letzten vier Jahren bei fünf verschiedenen Familien warst. Aber diesmal darfst du für immer bleiben, das hat sie mir selbst gesagt.«

Tamara streichelte Alfies Fell. »Das behaupten alle. Aber es ist nie so.«

Mrs Brisbane setzte sich auf den Stuhl neben Tamara, sodass sie jetzt auf Augenhöhe mit ihr war. »Ich habe nichts dagegen, dass du

Alfie in die Klasse mitbringst, Tamara. Aber ich glaube, du findest mehr Freunde, wenn du ihn zu Hause lässt. Dort kann er auf dich warten. Man muss seine alten Freunde nicht aufgeben, um neue zu gewinnen, verstehst du? So wie in dem alten Lied.«

Es war nicht die erste Überraschung, die ich bei Mrs Brisbane erlebte, aber ich kippte fast von der Leiter, als sie zu singen anfing:

Such dir neue Freunde, aber vergiss nicht die alten.
Silber oder Gold, du kannst beides behalten!

Was für ein schönes Lied! Und Mrs Brisbane hatte auch eine schöne Stimme. Hinterher waren wir alle ganz still, bis Tamara fragte: »Aber warum soll ich mir neue Freunde suchen, wenn ich doch nie irgendwo länger als ein paar Monate bleibe?«

»Man kann viele Freunde im Leben haben, Tamara, auch wenn man nicht am selben Ort lebt. Gute Freunde bleiben dir für immer, und wenn es nur in deiner Erinnerung ist.«

Oje, das gab mir einen Stich ins Herz. Ich

musste natürlich an Ms Mac denken, meine erste Lehrerin, die mich in die Klasse gebracht hatte. Sie hatte Mrs Brisbane vertreten und war dann nach Brasilien gegangen, aber sie wird trotzdem immer meine Freundin bleiben und ich werde sie nie vergessen. Ms Mac war reines Gold für mich.

»Hör auf sie, Tamara«, quiekte ich. »Sie hat recht!«

Mrs Brisbane lächelte. »Ich glaube, Rocky will auch dein Freund sein. Willst du ihn am Wochenende mit nach Hause nehmen?«

»Ja, aber ich muss erst meine Mom fragen. Meine Pflegemom.«

»Ich rufe sie nachher an und du gehst jetzt zum Essen, ja?«, sagte die Lehrerin.

Mrs Brisbane ist nach Ms Mac die beste Lehrerin der Welt – die aller-aller-allerbeste – und die Freundschaft mit ihr ist ebenfalls Gold. Obwohl sie Osch ins Klassenzimmer gelassen hat.

»Freundschaft heißt,
dieselben Dinge lieben und hassen.«

Sallust, römischer Politiker
und Geschichtsschreiber

MATHE-STRESS

An diesem Abend redete Aldo wie ein Buch beim Saubermachen.

»Maria meint, ich soll Mrs Brisbanes Angebot annehmen. Aber ich weiß nicht, Rocky. Kannst du dir mich als Lehrer vorstellen?«

»JA-JA-JA!«, quiekte ich.

»Ich meine, was könnte ich den Kindern schon beibringen? Ich weiß doch nichts.«

Aldo redet jeden Abend mit mir, wenn er sein Pausenbrot bei mir verspeist. Und er weiß eine ganze Menge, das könnt ihr mir glauben. Aber so wie heute hatte ich ihn noch nie erlebt. Er murmelte vor sich hin, während er den Boden wischte, er murmelte beim Abstauben und er stritt mit sich selbst, während er sich zum Essen hinsetzte.

»Mathe? Chemie? Biologie? Geschichte? Was ist das Beste für mich?«, fragte er.

»Alles, nur keine Frösche«, quiekte ich und

kippte fast von der Leiter, als Osch mit einem lauten »BOING« antwortete.

»Von dir haben die Kinder viel gelernt, Rocky, da bin ich mir sicher. Wahrscheinlich mehr, als ich ihnen je beibringen könnte.«

Ich war natürlich viel zu bescheiden, um »Ja, klar« zu quieken.

Aldo kramte in seiner Essenstüte und holte ein Stück Brokkoli heraus. »Hier, das ist für dich, alter Junge.« Er hielt das Brokkoliröschen hoch und betrachtete es einen Augenblick. »Komisch, Rocky, es sieht so winzig aus, aber für dich muss es wie ein großer Baum sein.«

Schon möglich, aber es sah vor allem köstlich aus. Ich liebe Brokkoli! »Danke«, quiekte ich begeistert.

Aldo beugte sich zu mir vor und starrte mich an. »Für dich sieht wahrscheinlich alles anders aus, Rocky.« Er hielt seinen Finger hoch. »Ich sehe nur einen Finger, aber du siehst bestimmt jede noch so winzige Linie und Rille darin, oder?«

Ich wusste nicht so genau, worauf Aldo hinauswollte, aber ich quiekte aufmunternd.

Aldo nahm einen großen Schluck Kaffee aus seiner Thermoskanne. »Aber das ist auch bei uns Menschen so. Niemand sieht genau das Gleiche wie die anderen. Und je länger man hinschaut, desto … «

Plötzlich sprang er auf. »He, ich hab's, Rocky! Das ist es! Das ist mal was anderes und es ist interessant. Wie unter dem Mikroskop, verstehst du? Ja, genau!«

Ich hatte keine Ahnung, wovon er redete, und kaute nachdenklich meinen Brokkoli. (Ich werde nie begreifen, warum manche Menschen keinen Brokkoli mögen.)

Aldo rollte seinen Putzwagen hinaus. »Rocky, du inspirierst mich. Bei dir hab ich immer die besten Ideen. Bis morgen Abend!«

Bevor er durch die Tür verschwand, streckte er schnell noch mal seinen Kopf herein.

»Und bei dir auch, Osch, alter Quak-Freund. Ich will ja nicht, dass du dich übergangen fühlst … «

Nanu? War Osch jetzt auch Aldos Freund? Nur meiner nicht – immer noch nicht.

Dem griesgrämigen Froschklumpen nebenan war das offenbar schnurzegal. Ich hörte jedenfalls nichts von ihm, außer hin und wieder einen Platscher.

Tamaras Pflegemutter sagte Ja und ich durfte am Wochenende zu ihr nach Hause. Ich erwartete allerdings nicht, dass Tamara sich viel um mich kümmern würde, weil sie nur Augen für ihren Teddy hatte.

Mir wurde ein bisschen schwindlig, wenn ich an all die Probleme in Zimmer 26 dachte. Greg und Adam fürchteten sich immer noch vor Brechbohne. Heidi und Katie redeten kein Wort miteinander. Und Miranda und Lara waren jetzt Freundinnen, aber würde das auch so bleiben, wenn ich nicht da war? Vor lauter Grübeln vergaß ich alles andere.

Zum Beispiel den Mathetest.

Ich döste meistens in Mathe (Schlafträume und Tagträume) und hatte keine Ahnung, wovon Mrs Brisbane redete, als sie den großen Mathetest ankündigte.

Aber da war ich nicht der Einzige. Mrs Brisbane verteilte ein Blatt, auf dem man die richtigen Antworten ankreuzen musste, und wisst ihr, was? Die halbe Klasse fiel durch.

»Das ist gemein!«, protestierte Mandy und alle anderen stöhnten und murrten, bis Mrs Brisbane sich erweichen ließ.

»Also gut, Kinder. Der Test zählt nicht für eure Endnote mit. Aber das sind die Grundlagen für das restliche Schuljahr. Deshalb müsst ihr in der Lage sein, diese Aufgaben zu lösen«, erklärte sie. »Ich habe ein Übungsblatt für den Test nächste Woche vorbereitet und bitte euch, das übers Wochenende durchzuarbeiten.«

Die ganze Klasse jammerte.

»Tut mir leid, Kinder, aber das muss sein«, beharrte Mrs Brisbane, während sie die Zettel verteilte. »Schreibt euren Namen auf das Blatt und bringt es am Montag ausgefüllt wieder mit.«

»O Mann, ich bin total durchgerasselt«, flüsterte Sam Tamara zu. »Und du?«

»Ich auch fast«, flüsterte Tamara zurück.

»Und jetzt könnt ihr in die Pause gehen«, sagte Mrs Brisbane.

Unter lautem Papiergeraschel packten die Schüler ihre Arbeitsblätter ein.

Ich warf einen Blick auf die Uhr, die unerbittlich weiterlief. Die Übungsblätter hatten mich auf eine Idee gebracht, aber ich wusste nicht, ob mir genug Zeit blieb, meinen Plan durchzuziehen.

Als die Glocke läutete, stürzten alle Schüler hinaus. Mrs Brisbane raffte ein paar Zettel auf ihrem Schreibtisch zusammen und lief hinterher. Manchmal geht sie in der Pause ins Lehrerzimmer. Heute zum Glück auch.

Die Zeit drängte. Ich stieß meine Tür auf und sagte zu meinem Nachbarn: »Was ich jetzt mache, ist streng geheim, Osch. Wehe, du verrätst mich.«

Es ist nicht einfach, von meinem Käfig auf den Boden des Klassenzimmers zu kommen, aber ich beherrsche die Technik inzwischen perfekt. Als Erstes rutschte ich an dem glatten Tischbein hinunter. Das war nicht schwer, aber ein bisschen zu schnell für meinen Geschmack. Der Rückweg war schwieriger. Ich konnte ja wohl schlecht wieder am Tischbein hochrutschen, deshalb packte ich die Schnur, die von den Jalousien herunterhing, und schwang mich hinauf. Das war der gefährlichste Teil und ich hatte immer ganz schön

Angst davor. Aber ich musste das Risiko eingehen, weil ich etwas Wichtiges zu erledigen hatte.

Sobald ich auf dem Boden aufkam, huschte ich zu Sams Stuhl hinüber, an dem sein Rucksack lehnte. Zum Glück hatte er das Arbeitsblatt nicht richtig hineingeschoben, sodass ein Zipfel davon herausguckte. Mit Pfoten und Zähnen zog ich es heraus und schleppte es über den Boden zu Tamaras Tisch.

Es war keine leichte Aufgabe, das Blatt in die Außentasche ihres Rucksacks hineinzuschmuggeln, aber genau das hatte ich vor. Der Rucksack hing über dem Stuhl, und die Tasche, an die ich herankommen musste, war mindestens 30 Zentimeter vom Boden entfernt. Das ist sehr hoch für einen kleinen Hamster.

Zum Glück baumelte eine lange Kordel an dem Reißverschluss der Tasche. Ich nahm den Zettel zwischen die Zähne, packte die Kordel und versuchte, mich daran hochzuziehen.

»BOING!«, machte Osch. Er wollte mir etwas sagen, aber was?

Im selben Moment läutete die Glocke. Es klang viel lauter als sonst. Das also hatte Osch mir sagen wollen! Er wollte mich warnen, denn ich musste jetzt schleunigst zurück, wenn ich nicht draußen erwischt werden wollte. Außerdem fürchtete ich die vielen großen Füße, die mich womöglich zertreten würden. Aus Versehen natürlich, aber trotzdem.

Schnell ließ ich das Blatt fallen und flitzte zu meinem Tisch zurück. Ich packte die Schnur und schwang mich vor und zurück, immer höher und höher.

»BOING-BOING!«, quakte Osch.

»Ja, ja, ich weiß«, quiekte ich zurück. Mein Magen schlug Purzelbäume, als ich die Tischkante sah. Ich holte tief Luft und sprang auf die Tischplatte.

Mrs Brisbane öffnete die Tür und im nächsten Moment erbebte der Boden unter den vielen Füßen, die aus dem Flur hereintrampelten. Zitternd huschte ich über den Tisch. Bitte mach, dass mich niemand sieht. BITTE-BITTE-BITTE, dachte ich und schoss in meinen Käfig. Mit letzter Kraft zog ich die Klappe hinter mir zu und plumpste auf meine Einstreu.

Dann hielt ich den Atem an und wartete zitternd, was passieren würde. Nach einer Weile hörte ich Mrs Brisbane näher kommen.

»Na so was, wieso baumelt die Schnur hier

so wild herum?«, murmelte sie verwundert. »Das ist aber komisch.«

Osch platschte wie verrückt in seinem Glaskasten herum. So aufgeregt hatte ich ihn noch nie erlebt. »BOING!«, quakte er. »BOING!«

»Nanu, Osch, was ist denn?«, fragte Mrs Brisbane. »Hast du vielleicht Hunger?« Dann bat sie Ari, meinen Nachbarn mit ein paar von seinen geliebten Grillen zu füttern.

Osch hatte Mrs Brisbane von mir abgelenkt, damit sie die Schnur vergaß. Ich war mir jetzt fast sicher, dass der Frosch mit mir redete – ja, mir sogar half. Vielleicht war er doch netter, als ich gedacht hatte. Mit seiner Hilfe war ich rechtzeitig in meinen Käfig zurückgekommen, uff! Auch wenn mein Plan natürlich im Eimer war.

Sobald ich wieder Luft bekam, quiekte ich ein lautes »Danke« zu Osch hinüber und warf einen Blick auf Tamaras Tisch. Sams Übungsblatt lag immer noch auf dem Boden neben dem Rucksack.

Mrs Brisbane nahm am restlichen Nachmittag Hilfsverben durch, was immer das sein mochte. Als die Stunde fast zu Ende war, erinnerte sie die Schüler an ihre Übungsblätter.

»Tamara, ich glaube, deins liegt auf dem Boden. Steck es bitte in deinen Rucksack.«

»Ja!«, quiekte ich freudig. Das war zu schön, um wahr zu sein! Die Glocke läutete. Sam packte seinen Rucksack und ging seine Jacke holen.

Tamara schob das Blatt in ihren Rucksack, ohne auch nur einen Blick darauf zu werfen. Hurra! Während die anderen aus dem Zimmer strömten, stopfte sie schnell noch ihren Teddy in die Tasche.

Bald darauf kam Tamaras Mom – ihre Pflegemutter –, um uns fürs Wochenende abzuholen.

Als ich zu Osch hinübersah, grinste er mich finster an oder zumindest kam es mir so vor. Vielleicht wäre er gern mitgekommen? Vielleicht war Osch eifersüchtig auf mich? Irgendwie komisch, aber plötzlich war ich TRAURIG-TRAURIG-TRAURIG, dass ich Osch das ganze Wochenende über allein lassen musste.

»Einen Freund braucht das Herz zu jeder Zeit.«
Henry Van Dyke, Pastor, Schriftsteller und Erzieher

VERTAUSCHTE BLÄTTER

Tamaras Pflegemutter sah wie eine ganz normale Mom aus, obwohl Tamara gesagt hatte, dass sie nicht ihre richtige Mutter war. Tamara nannte sie Carol.

»Hallo, Rocky, ich hab mich schon den ganzen Tag auf dich gefreut«, sagte Carol mit einem warmen Lächeln. Ich schloss sie sofort ins Herz. »Du musst mir zeigen, wie man Rocky versorgt, Tamara. Ich hatte noch nie einen Hamster.«

»Ach, das ist ein Klacks!«, quiekte ich.

»Ich glaube, Rocky will uns was sagen«, lächelte Carol. Kluge Frau.

Als wir zu Hause waren, stellte Carol meinen Käfig auf den Tisch und kochte heiße Schokolade. »Wie war's in der Schule?«, fragte sie.

Tamara zuckte mit den Schultern. »Wie immer.«

O Mann, wenn du wüsstest!

Dann öffnete sie ihren Rucksack und holte ein paar Blätter hervor. »Ich muss Matheaufgaben machen.«

Carol überflog die Blätter. »Nanu, das ist ja gar nicht deins. Da steht Sam Stevenson drauf.«

Tamara griff nach dem Übungsblatt. »Dann müssen die Blätter vertauscht worden sein.« Sie wühlte in ihrem Rucksack und zog ein zweites Blatt hervor. »Oh, schau mal. Da ist ja meins.« Sie zeigte Carol das Blatt mit ihrem Namen drauf.

»Ist das wichtig?«, fragte Carol.

»Ja, sehr«, sagte Tamara.

»SEHR-SEHR-SEHR wichtig«, quiekte ich aufgeregt.

»Tja, dann wird Sam es wohl brauchen. Wir rufen ihn gleich mal an«, sagte Carol.

Alles lief bisher nach Plan, aber trotzdem – bei den Menschen kann man nie wissen.

Sam kam am nächsten Morgen mit seiner Mom.

»Danke, dass Sie angerufen haben«, sagte Mrs Stevenson. »Sam war ganz außer sich, weil er sein Übungsblatt nicht finden konnte.«

»Es war gar nicht so einfach, Ihre Nummer

herauszukriegen«, antwortete Carol. »Am Ende hab ich Mrs Brisbane angerufen.«

»Schade, dass wir uns nicht schon früher begegnet sind«, sagte Sams Mom. »Ich wusste nicht, dass ein neues Mädchen in Sams Klasse ist.«

Sam und seine Mom – sie heißt Amanda – zogen ihre Jacken aus und Carol kochte wieder heiße Schokolade.

»Ich bin so froh, dass ich endlich mal jemanden aus der Klasse kennenlerne«, sagte Carol.

»Ist Tamara auch zu Richies Geburtstagsparty eingeladen?«, fragte Amanda.

Carol schüttelte den Kopf.

»Ich rufe seine Mom an. Sie hat die ganze Klasse eingeladen, aber wahrscheinlich weiß sie auch nichts von Tamara. Sie müssen unbedingt zu den Elternversammlungen kommen.«

Carol schenkte die heiße Schokolade ein. »Ja, gern. Ich bin gewissermaßen noch ganz neu im Mutter-Geschäft.«

»Dann sind Sie aber ein Naturtalent«, sagte Amanda lächelnd. Die beiden Mütter gingen ins Wohnzimmer und Sam und Tamara setzten sich zu mir. Alfie, der Bär, lag auf dem Tisch.

»He, Rocky«, sagte Sam.

Ich sauste auf meinem Laufrad herum, um ihm zu zeigen, dass ich mich über seinen Besuch freute.

»Kommst du mit, wenn Richie dich zu seiner Party einlädt?«, fragte Sam Tamara.

»Ich weiß nicht«, sagte Tamara. »Mal sehen.«

Sam rieb sich die Nase. »Aber an deiner Stelle würde ich Alfie zu Hause lassen.«

Tamara sah ihn überrascht an. »Warum?«

Sam seufzte. »Also ich weiß ja, dass du total in Ordnung bist, aber die anderen nicht. Die denken wahrscheinlich, du tickst nicht richtig. Wenn du Alfie zu Hause lässt, merken sie, dass du ganz normal bist. Und dann mögen sie dich auch.«

Tamara dachte darüber nach. »Und du? Bist du auch dort?«

»Klar. Richie sagt, es gibt eine coole Überraschung!«

Tamara runzelte die Stirn. »Ich mag keine Überraschungen.«

»Aber das ist eine gute Überraschung. Was ganz Tolles«, sagte Sam.

Tamara antwortete nicht gleich. »Okay. Wenn du da bist, komm ich auch. Und dann lass ich Alfie zu Hause.«

Sam grinste erleichtert.

Eine Weile sahen sie mir zu, wie ich auf meinem Laufrad herumsauste, und redeten über den Mathetest. Dann sah Tamara auf die Uhr und sagte: »Jetzt kommt das Basketballspiel im Fernsehen. Willst du es anschauen?«

Wusch!, rasten die beiden aus dem Zimmer und ließen sich den ganzen Nachmittag nicht mehr blicken. Amanda ging nach Hause, aber Sam blieb da. Er wurde später abgeholt.

Tamara ließ Alfie am nächsten Tag neben meinem Käfig liegen und er strahlte noch mehr als sonst. Zumindest sah es so aus.

Wenn mich nicht alles täuscht, war das der Beginn einer wunderbaren Freundschaft.

Mir war an diesem Wochenende ganz warm ums Herz, besonders als Sam am Sonntagabend bei Tamara anrief, um ihr ein paar Fragen zu den Matheaufgaben zu stellen.

Doch am Montag war es KALT-KALT-KALT. BIBBER-SCHLOTTER-BITTERKALT.

Und in Heidis und Katies Nähe war es noch viel eisiger. Katie kicherte kaum noch, selbst wenn Heidi nicht dabei war.

Dann kam der Dienstag, der Tag, an dem der

große Mathetest stattfand. So still war es das ganze Jahr über nicht gewesen, denn meine Klassenkameraden nahmen diesen Test sehr ernst. Daniel stöhnte ein paarmal laut. Sam stand dreimal auf, um seinen Bleistift anzuspitzen. Und alle atmeten auf, als es vorüber war. Besonders ich.

Auch Aldo war an diesem Abend ungewöhnlich still. Er redete kein Wort mit mir, während er sein Pausenbrot aß, sondern schrieb die ganze Zeit in ein großes Notizbuch. Manchmal hielt er inne und starrte mich an, dann schrieb er weiter.

Am Donnerstag fing es an zu schneien. Die Schüler waren dick vermummt, alle trugen Schals und Mützen und hatten rote, verfrorene Nasen, als sie in die Klasse kamen. (Ein paar von diesen Nasen liefen sogar, wie ich leider sagen muss.)

Der Unterricht hatte schon begonnen, aber Mrs Brisbane rieb sich die Hände, als ob ihr immer noch kalt sei. »Ich habe eure Mathetests fertig korrigiert«, verkündete sie. »Und ich bin sehr zufrieden mit dem Ergebnis. Ihr habt euch fast alle verbessert, einige sogar um zwei Noten. Ich weiß, dass ihr euch alle große Mühe gegeben habt, und das hat sich ausgezahlt. Jetzt können wir mit den Vorbereitungen für unseren Gedichte-Nachmittag weitermachen.«

Die Schüler seufzten erleichtert, als Mrs Brisbane die Tests zurückgab, und ich hörte kein einziges Stöhnen.

»Und jetzt hab ich noch eine große Überraschung für euch. Heute kommt ein Gastlehrer zu uns.«

»Ist das wieder so eine Vertretung?«, platzte Heidi heraus, natürlich ohne die Hand zu heben.

»Nein«, antwortete Mrs Brisbane. »Er gibt nur eine Stunde. Und viele von euch kennen ihn schon. Er heißt Aldo Amato.«

»Meinen Sie meinen Onkel?«, fragte Richie.

»Ja, richtig, dein Onkel – Mr Amato«, sagte Mrs Brisbane.

Und im nächsten Moment stand er in der Tür. Aldo hatte sich in Mr Amato verwandelt. Er trug ein weißes Hemd, eine rote Weste, eine dunkle Hose und eine Krawatte. Er war fast so schick wie Direktor Morales und sein Putzwagen war nirgends in Sicht.

»Kommen Sie näher«, sagte Mrs Brisbane.

»Danke, Mrs Misbane … äh, Brisbane …

Mrs Brisbane …«, stammelte Aldo. Er kam ganz schön ins Schwitzen, trotz der Kälte draußen. Ich zitterte mit ihm.

Aldo drehte sich jetzt zu den Schülern um und sagte: »Hallo allerseits. Ich bin so oft hier drin, wenn niemand da ist, dass ich jetzt richtig froh bin, zur Abwechslung mal auf richtige Kinder zu treffen. Ihr seid eine tolle Klasse, das sieht man sofort.«

Ein paar von den Schülern kicherten und Aldos Aufregung ließ ein bisschen nach.

»Als ich mich neulich mit meinem Freund Rocky unterhalten habe, fragte ich mich, wie die Welt wohl aus seiner Perspektive aussehen mag. Wie ist das für ihn – so ein winziges Tierchen in einem Zimmer voll großer Tiere, nämlich euch?«

Alle lachten und Aldo grinste erleichtert.

»Auf jeden Fall hat Rocky mich auf eine Idee gebracht, die wir heute zusammen ausprobieren wollen.«

Wer, ich? Ach du grüne Neune.

Aldo hielt einen Bleistift hoch. »Kann mir jemand sagen, was das ist?«

»Ein Bleistift«, antwortete Heidi.

»Ups – Hand hoch, bitte!«, sagte Aldo.

Heidis Hand schoss in die Höhe.

»Ja bitte, die Dame?«, fragte Aldo.

Ich war beeindruckt. Mrs Brisbane hatte noch nie »Dame« zu den Mädchen gesagt.

»Das ist ein Bleistift«, sagte Heidi.

»Wirklich? Und was meinst du?«, sagte Aldo und zeigte auf Träum-nicht-Ari, der wie üblich an die Decke starrte.

»Wer, ich? Was?«

Aldo ging zu Ari und hielt den Bleistift hoch. »Ich frage dich, was das deiner Meinung nach sein könnte, junger Mann.«

Mrs Brisbane hatte auch noch nie »junger Mann« gesagt.

»Ein Bleistift?«, murmelte Ari.

Aldo starrte den Bleistift einen Augenblick an. »Ich glaube, du hast recht. Aber wie sieht es für Rocky aus?«, fragte er.

Wie ein Bleistift, ehrlich gesagt, aber das war nicht die Antwort, die Aldo hören wollte.

Er kam zu meinem Käfig und hielt mir den Bleistift vor meine Schnurrhaare. »Was meint ihr, was Rocky jetzt sieht?«

Die Klasse blieb einen Augenblick stumm, dann gingen ein paar Hände hoch. Selbst Heidi dachte daran, die Hand zu heben.

Aldo rief Daniel auf.

»Ich glaube, er sieht einen großen gelben Streifen«, sagte Daniel.

»Ja, das kann sein. Und du? Was meinst du?«, sagte Aldo zu Sayeh.

»Vielleicht sieht er was Raues, Runzliges, so ähnlich wie ein gelber Baumstamm«, antwortete sie.

»Ja, wenn man genau hinsieht, erkennt man die Oberflächenstruktur.« Aldo wandte sich jetzt an mich. »Stimmt's, Rocky?«

»Klar, Aldo«, quiekte ich. »Du hast ja so recht.«

Katie kicherte, aber dann schnitt Heidi ihr eine Grimasse und sie verstummte.

»Heute betrachten wir also die Welt einmal mit Rockys Augen. Seid ihr bereit?«

Meine Klassenkameraden nickten begeistert. Aldo öffnete eine Aktentasche – die ich noch nie bei ihm gesehen hatte – und nahm einen Umschlag mit lauter kleinen Rechtecken aus Pappe heraus, die aussahen wie Mini-Bilderrahmen.

»Mit diesen Rechtecken können wir die Dinge genauer betrachten. Oder unter die Lupe nehmen, wenn ihr wollt.«

Er gab jedem Schüler eins davon. Als Nächstes nahm er eine Handvoll Krimskrams aus seiner Mappe und breitete alles auf Mrs Brisbanes Schreibtisch aus. Gefärbte Blätter, Salatblätter, Brokkoliröschen, Orangenschalen, dickes Papier, eine lila Feder, Brotbrocken – lauter interessante Sachen!

»So, Kinder, ihr dürft euch jetzt alles im Zimmer ansehen und dann malt ihr es mit euren Buntstiften auf die Blätter, die ich in der Zwischenzeit austeile«, verkündete Aldo. »Also, los geht's!«

Bald schlenderten meine Freunde in der Klasse herum und betrachteten alles mit ihren winzigen Rechtecken. Sie waren so in ihre Aufgabe vertieft, dass sie kaum aufschauten, als Mr Morales ins Zimmer huschte. Der Direktor stellte sich zu Mrs Brisbane, ohne etwas zu sagen. Ich glaube, er war gekommen, um Aldo zuzusehen. Ab und zu wechselte er einen Blick mit Mrs Brisbane und sie nickten sich zu und lächelten. GUT-GUT-GUT!

Auch die Kinder strahlten.

»Boah, Wahnsinn!«, brüllte Adam, als er seinen Handschuh durch das Rechteck betrachtete.

Ich war der Einzige, der sah, wie Sayeh zu Tamara ging und sie fragte, ob sie sich Alfie ausleihen durfte, um sein Fell zu zeichnen.

»Er ist nicht da«, sagte Tamara. »Er ist zu Hause.«

Mir blieb die Luft weg, so verblüfft war ich.

Während meine Freunde die Welt aus einem anderen Blickwinkel betrachteten, spähte ich zu Osch hinüber. Wie sah er die Welt? Seine hässlichen Glupschaugen zeigten in zwei verschiedene Richtungen. Vielleicht sah er zwei Hamster, wenn er mich anguckte? Oder er sah mich als einen viel größeren Hamster. Vielleicht hatte er mich deshalb angesprungen, als ich das erste Mal an seinen Glaskasten gekommen war. Aber ich fürchte, Osch wird mir immer ein Rätsel bleiben – egal unter welchem Blickwinkel.

Nach einer Weile bat Aldo die Kinder, wieder an ihre Plätze zu gehen.

»Nun, was habt ihr gesehen?«, fragte er.

Meine Freunde konnten es kaum erwarten, ihre Entdeckungen mitzuteilen. Adam hatte unzählige kleine Rechtecke in seinem Handschuh entdeckt, dort, wo die Wollfäden sich überkreuzten. Aris grünes Blatt enthielt ganz viel Gelb und war von Runzeln durchzogen, wenn man es näher betrachtete. Oschs grüne Haut war mit schwarzen Punkten gesprenkelt. Und Mandy behauptete, dass mein schönes goldenes Fell in Wahrheit braun und weiß und gelb war!

»Und was habt ihr gelernt?«, fragte Aldo.

Katie hob die Hand. »Dass Dinge anders aussehen, wenn man sie von Nahem betrachtet.«

Aldo grinste breit. »Gut. Ihr habt beobachten gelernt.« Er schrieb das Wort an die Tafel. »Und beobachten ist das Erste, was Wissenschaftler machen. Manchmal nehmen sie ein Mikroskop oder ein Teleskop zu Hilfe, um eine Sache noch etwas genauer zu studieren. Je besser ihr beobachtet, desto mehr lernt ihr. Heute habt ihr den ersten Schritt dazu getan.«

Ich war beeindruckt – eine ganze Klasse voll angehender Wissenschaftler!

Als es läutete, bedankten sich die Schüler bei Aldo, bevor sie hinausstürzten. Schließlich waren nur noch Aldo, Mrs Brisbane und Direktor Morales da.

»Ausgezeichnet«, sagte Mrs Brisbane. »Sie dürfen gern wiederkommen und die Kinder für Mathe begeistern!«

»Und? Reichen Sie jetzt Ihren Antrag ein?«, fragte der Direktor.

Aldo nickte. »Ja, ich versuch's.«

»Und ich werde Ihnen ein Empfehlungs-schreiben ausstellen«, versprach Mrs Brisbane.

Aldo sah aus, als ob er gleich in Ohnmacht fallen würde. »Wirklich?«, fragte er.

»Von mir bekommen Sie selbstverständlich auch eins«, sagte Direktor Morales.

»Ich weiß nicht, wie ich Ihnen danken soll«, stammelte Aldo.

»Aber ich«, lachte der Direktor, »kommen Sie einfach an die Longfellow-Schule, wenn Sie mit Ihrer Ausbildung fertig sind.«

Aldo schüttelte ihm die Hand. »Ich wüsste nicht, was ich lieber täte!«, sagte er.

Uff! Da war ich aber froh. Ich erinnerte mich noch gut daran, wie TRAURIG-TRAU-RIG-TRAURIG ich gewesen war, als Ms Mac nach Brasilien ging. Es wäre schrecklich, wenn Aldo mich jetzt auch noch verlassen würde!

»Zeig mir deine Freunde und ich sage dir,
wer du bist.«

Assyrisches Sprichwort

PARTY-RUMMEL

In dieser Woche redeten alle nur noch über Richies Geburtstagsparty. Mir bebten die Schnurrhaare vor Aufregung und mein Herz klopfte wild. Was war das nur für eine Überraschung, von der Richie die ganze Zeit redete?

Am Freitag sagte Mrs Brisbane, dass Richie mich übers Wochenende mit nach Hause nehmen würde.

»Jippie!«, brüllte Adam. »Dann kommt Rocky auch mit auf die Party.«

Ich war noch nie auf einer Party außerhalb von Zimmer 26 gewesen. Überglücklich sprang ich auf mein Laufrad und sauste herum, so schnell ich konnte.

»BOING!«, quakte Osch.

Ach du Schreck. Erst jetzt wurde mir bewusst, dass der arme Osch nicht eingeladen war.

»Und was ist mit Osch?«, fragte Richie. »Darf er auch mitkommen?«

Mrs Brisbane schüttelte den Kopf. »Ich glaube, das wird zu viel für dich. Osch kommt wieder mit zu mir nach Hause. Mein Mann arbeitet an einer Überraschung für ihn.«

»Iiih!«, quiekte ich. Es war mir einfach so herausgerutscht. Mr Brisbane arbeitete an einer Überraschung für den Frosch? Ich spürte schon wieder die Eifersucht in mir aufsteigen. Ich war eifersüchtig auf einen dicken, hässlichen, grinsenden Froschklumpen und ich war gar nicht stolz auf mich.

Richie hüpfte wie ein Frosch von einem Fuß auf den anderen, bis endlich seine Mom kam, um uns abzuholen. »Wir feiern, bis wir umkippen, Rocky!«, brüllte er.

»Jetzt sei doch nicht so aufgedreht, Richie«, sagte Mrs Rinaldi, als wir ins Auto stiegen. »Wenn du dich nicht beruhigst, fällt die Party ins Wasser.«

Im Haus der Rinaldis war an diesem Abend die Hölle los. Es waren so viele Tanten, Onkel, Großmütter und Großväter da, dass mir der Kopf schwirrte.

Alle liefen geschäftig herum, rückten Stühle hin und her, trugen ständig irgendetwas in den Keller oder hantierten in der Küche und kochten, was das Zeug hielt. Trotzdem fanden sie noch Zeit, »Hi Rocky« oder »Na, Süßer« zu sagen, wenn sie an mir vorbeikamen.

Onkel Aldo und Maria kamen auch zum Helfen. Als Aldo verkündete, dass er wieder ans College gehen würde, schlugen ihm die Verwandten auf den Rücken und riefen: »Bravo, Aldo, gute Idee!« Sie fanden es TOLL-TOLL-TOLL, genauso wie ich.

Am Samstagmorgen wurde der Trubel noch schlimmer, denn Richies ganze Familie lief hektisch treppauf, treppab, um alles für die Party herzurichten. Aldo und Maria kamen wieder zum Helfen. Am frühen Nachmittag setzte Aldo einen Zylinderhut auf und hob meinen Käfig hoch.

»Okay, Rocky. Jetzt wird gefeiert!«

Er trug meinen Käfig in den Keller hinunter und mir fielen fast die Augen aus dem Kopf, als ich mich umblickte. An der Decke klebten Luftballons in allen Regenbogenfarben und an den Wänden waren alte Pappkartons aufgestellt, die wie Jahrmarktsbuden angemalt waren. In der Mitte standen zahlreiche Stühle um eine erhöhte Plattform herum. Fröhliche Zirkusmusik ertönte aus den Lautsprecherboxen und es roch LECKER-LECKER-LECKER nach Popcorn und Limonade.

Aldo stellte meinen Käfig auf einen großen Tisch und sagte: »Willkommen bei Richie Rinaldis Jahrmarkts-Party. Tretet ein, meine Herrschaften, und amüsiert euch.«

Bald kamen meine Freunde aus Zimmer 26 die Treppe herunter. Katie und Heidi (nicht zusammen natürlich), Daniel, Greg, Mandy, Sayeh, Adam, Ari, Sam und Tamara.

Sobald Sayeh Tamara kommen sah, stürzte sie zu ihr, um sie zu begrüßen. »Ich bin so froh, dass du gekommen bist!«, sagte sie.

Dann kam Martin die Treppe herunter. MARTIN? Ich blinzelte heftig und musste zweimal hinsehen. Aber nein, kein Zweifel, das war Martin Bohne, dieser gemeine Kerl, den ich Brechbohne nannte. Und er stand mitten in Richies Partykeller, als ob nichts wäre.

»Ich musste ihn einladen, meine Mom wollte es«, hörte ich Richie zu Greg sagen. »Er geht mit mir in die Sonntagsschule.«

Sonntagsschule? Das gibt es auch? Junge, Junge, man lernt nie aus.

Die Kinder hatten alle bunt verpackte Geschenke dabei, die sie auf den Tisch legten. Die meisten begrüßten mich. Dann sagte Aldo: »Nur hereinspaziert, meine Herrschaften, hier warten die aufregendsten Spiele der Welt auf euch!«

An jeder der Buden war etwas anderes im Gang. Richies Dad hatte einen Stand, an dem die Kinder Ringe auf leere Limoflaschen warfen. Wer drei Treffer landete, bekam einen rosa Gutschein.

An Cousin Marks Stand konnten die Kinder einen Mini-Basketball in einen Korb werfen. Für jeden Treffer bekamen sie einen rosa Gutschein.

Opa Rinaldi hatte einen Kegelstand. Wer alle Kegel auf einmal umwarf, bekam einen rosa Gutschein.

Marias Bude war ganz in meiner Nähe. Sie trug ein bunt geblümtes Tuch auf dem Kopf und saß hinter einer großen Glaskugel. »Tretet ein, meine Herrschaften, und lasst euch von Madame Maria die Zukunft voraussagen«, rief sie in die Menge.

Madame Maria erzählte Mandy, dass sie in nächster Zukunft viel Popcorn essen würde. (Aber dazu musste man kein Hellseher sein.) Und zu Daniel sagte Maria, dass er später einmal viel Spaß im Leben haben würde. (Das hat er jetzt schon.)

Es war schrecklich laut in Richies Partykeller, sodass ich am liebsten in mein Schlafhäuschen geflüchtet wäre, um ein bisschen Ruhe und Frieden zu finden. Aber ich wollte ja nichts von dem Trubel verpassen!

Und dann – o Schreck! – entdeckte ich einen Gast, der sich gar nicht amüsierte. Heidi Hopper war auf dem Weg zum Basketballstand, als Brechbohne sich vor ihr aufbaute und ihr den Weg versperrte. Heidi wich nach rechts aus und wollte an ihm vorbeigehen. Aber Martin trat ebenfalls zur Seite und versperrte ihr wieder den Weg.

»Warum denn so eilig?«, fragte er hämisch.

Heidi wich nach links aus und wieder ließ Martin sie nicht vorbei.

»Sag das Zauberwort«, zischte Martin.

»Bitte«, murmelte Heidi.

»Ich hör nichts.«

»Bitte!« Diesmal redete Heidi viel lauter.

Martin grinste böse. »Das ist nicht das Zauberwort. Versuch's noch mal.«

Heidi machte Anstalten, um ihn herumzugehen, und wieder versperrte er ihr den Weg. Sie war den Tränen nahe. So was Gemeines!

»Lass sie los, du alte Brechbohne!«, quiekte ich. Aber natürlich hörte kein Mensch in dem Lärm meine piepsige kleine Hamsterstimme.

Plötzlich tauchte Katie wie aus dem Nichts auf. »Lass sie ja in Ruhe, Martin!«, rief sie und stieß ihn weg. Dann nahm sie Heidi an der Hand und zog sie zur Wahrsagerbude.

»Komm, Heidi.«

Martin stand mit offenem Mund da und ich war auch total verblüfft. Erstens hatte ich gedacht, dass Katie noch böse mit Heidi war. Und zweitens hatte noch nie jemand den Mut aufgebracht, Martin zu schubsen. Schon gar nicht ein Mädchen. Katie ist viel stärker, als sie aussieht.

»He, hallo, meine Damen! Wollt ihr etwas über eure Zukunft erfahren? Madame Maria kann euch sagen, ob die Sterne es gut mit euch meinen.«

Heidi und Katie wechselten einen Blick.

»Hier herein«, rief Maria ihnen zu.

Die beiden Mädchen schlüpften zu ihr hinein und setzten sich, während Maria in die Glaskugel starrte.

»Ihr werdet immer gute Freundinnen sein«, prophezeite Maria. Hurra!, quiekte ich. Und Heidi und Katie strahlten wie zwei Honigkuchenpferde. Als sie weggingen, hörte ich, wie Katie sagte: »Tut mir leid, dass ich dich als Betrügerin bezeichnet habe. Das war gemein.«

»Und mir tut's leid, dass ich Heulbaby zu dir gesagt habe«, antwortete Heidi.

Dann schwiegen sie verlegen, bis Mandy zu ihnen kam und fragte, ob sie schon Ringe geworfen hatten. Zu dritt stürzten sie zu dem Stand hinüber. Ein Glück, dass Heidi und Katie sich wieder versöhnt hatten. Das war nämlich eine echte Gold-Freundschaft.

Martin stand immer noch da wie angewurzelt. Mit regloser Miene beobachtete er die anderen Partygäste, die sich prächtig amüsierten. Plötzlich kam Aldo zu ihm und sagte: »Falls du nichts zu tun hast, Junge – ich könnte einen Helfer beim Preisverteilen gebrauchen.«

Martin gab keine Antwort.

»Oder willst du lieber was mit deinen Freunden machen? Du hast doch Freunde, oder, Martin?«

Martin stand da wie eine Statue und schaute Aldo stumm an.

»Weißt du, Martin, wenn du aufhörst, die anderen zu ärgern und herumzuschubsen, werden sie dich auch mögen. Und jetzt komm und mach zur Abwechslung mal was Nettes, zum Beispiel Preise verteilen, okay?«

Aldo wartete nicht auf eine Antwort. Er

legte seine Hand auf Martins Schulter und schob ihn zu dem Stand mit den Preisen.

Richie und Sam feuerten Tamara an, die schon den dritten Korb hintereinander geworfen hatte. Alfie, der Bär, war nirgends zu sehen.

Miranda und Sayeh hatten eine Handvoll rosa Gutscheine zusammen und gingen zur Preisbude. Aber als sie Martin dort stehen sahen, hielten sie abrupt an.

»Ich geh nicht hin, wenn der dort ist«, sagte Miranda. »Der stiehlt uns nur die Gutscheine.«

Adam und Ari standen schon vor der Preisbude und wählten unter den Sachen aus, die dort ausgestellt waren: Mini-Puzzles, lustige Pappbrillen, winzige Wasserpistolen …

»Na los, nehmt was«, fuhr Martin die beiden an und wollte Adam eine Brille in die Hand drücken. »Macht, dass ihr weiterkommt.«

Aldo stieß Martin mit dem Ellbogen an. »Jetzt lass ihm doch ein bisschen Zeit, Martin. Hier, wie gefällt dir die Trillerpfeife?«, fügte er an Adam gewandt hinzu.

»Hm, ja, nicht schlecht«, sagte Adam.

»Wasserpistolen sind immer gut«, meinte Ari. »Ich nehm die da.«

»Gute Wahl«, murmelte Martin.

»Ich nehm die Pfeife«, entschied Adam. »Danke.«

»Bitte«, sagte Martin. Es klang irgendwie komisch aus Brechbohnes Mund.

Daniel stürzte mit einer Handvoll Gutscheine zur Preisbude.

»Wen haben wir denn da – Daniel, der blö…«, fing Martin an, bremste sich aber gerade noch.

»Daniel, der Basketball-King«, sagte Aldo. »Such dir einen Preis aus.«

Daniel hatte genug Gutscheine für ein Buch über das Universum.

»Gute Wahl«, sagte Martin. Seine Stimme klang anders als sonst. Wahrscheinlich, weil es so ungewohnt für ihn war, etwas Nettes zu sagen.

Sayeh und Miranda hatten Martin eine Weile aus sicherer Entfernung beobachtet und wagten sich jetzt auch an den Stand heran. Ihre Gutscheine hielten sie fest umklammert.

»Tretet näher, meine Schönen, und holt euch eure Preise ab«, rief Aldo. »Martin hilft euch beim Aussuchen. Er macht das gern. Stimmt's, Martin?«

»Hier sind Schlüsselanhänger«, sagte Martin

zu den beiden Mädchen, die ängstlich vortraten. »Oder wollt ihr lieber so ein Mini-Puzzle?«

Miranda und Sayeh konnten es kaum fassen, dass Martin so freundlich war aber sie reichten ihm brav ihre Gutscheine.

»Danke, Martin«, sagte Miranda und nahm sich einen Schlüsselanhänger.

Aldo grinste und Martin auch.

Alle amüsierten sich so gut, dass ich am liebsten meine Klappe, die nicht richtig schließt, aufgestoßen hätte, um aus dem Käfig zu huschen und mich unter die Gäste zu mischen.

Während ich noch darüber nachdachte, blies Aldo in eine Trillerpfeife und forderte alle auf, in die »Manege« zu kommen.

Meine Klassenkameraden stürzten zu den Stühlen und ich merkte plötzlich, dass ich einen ausgezeichneten Blick auf die Manege hatte. Mein Fluchtplan war also überflüssig.

Sobald alle auf ihren Plätzen saßen, ging Aldo in die Mitte der Bühne und schwenkte theatralisch seinen Zylinder. »Und jetzt, meine säähr verährrten Damen und Härren, Vorhang auf für den unnachahmlichen, einzigartigen, wundärrbaren Panini Abra Kadabra.«

Panini Abra Kadabra war ein großer, dünner Mann, der ebenfalls einen Zylinderhut auf dem Kopf trug. Er hatte lange blonde Haare, die ihm bis auf die Schultern fielen, eine viel zu große schwarze Jacke und ein rotweiß gestreiftes T-Shirt darunter. Auf seiner Nase saß eine riesige rote Brille.

Aldo klatschte und die Kinder klatschten mit. Panini Abra Kadabra hatte einen Koffer in der Hand, den er auf einen kleinen Tisch auf der Bühne stellte. Dann zog er einen großen schwarzen Zauberstab hervor.

Aha, jetzt ging mir ein Licht auf. Panini Abra Kadabra war ein Zauberer! Ich hatte schon mal von Zaubertricks gehört, aber noch nie welche gesehen. Meine Schnurrhaare bebten, als das Schauspiel begann.

Der Zauberer redete die ganze Zeit, während er seine Kunststückchen vorführte. PLAPPER-PLAPPER-PLAPPER. Als Erstes zeigte er einen Kartentrick. Er holte Adam zu sich auf die Bühne und ließ ihn eine Karte aussuchen, die Adam sich einprägen sollte. Dann durfte er die Karte wieder auf den Stapel zurücklegen. Der Zauberer mischte die Karten neu und forderte Adam auf, eine zweite Karte zu nehmen.

Die Karte, die Adam diesmal aussuchte, war zufällig dieselbe wie beim ersten Mal.

»Jetzt denkst du wahrscheinlich, dass das Trickkarten sind, was?«

»Ja«, sagte Adam.

Der Zauberer holte daraufhin Tamara aus dem Publikum. Er forderte sie auf, zusammen mit Adam die Karten zu prüfen, und tatsächlich war alles okay! Dann durfte Tamara eine Karte auswählen und sie sich einprägen. Panini Abra Kadabra mischte wieder alle Karten. Als Tamara eine zweite Karte von dem Stapel nahm – ihr werdet es nicht glauben! –, war es wieder dieselbe wie vorher!

Alle klatschten, außer mir. Dieser Mensch war mir ein bisschen *zu* schlau! Ich traute ihm nicht recht und behielt ihn scharf im Auge.

Dann fragte Mr Abra Kadabra die Kinder, ob ihm jemand eine Münze leihen könne. Martin gab ihm ein 10-Cent-Stück, das er in der Tasche hatte. Ich war total schockiert: ein Erwachsener, der Geld von einem Kind nahm!

Der Zauberer wickelte die Münze in ein Taschentuch und *schwupp!* war sie verschwunden! Er schüttelte das Taschentuch aus, aber die Münze war weg. Martin schnappte nach

Luft. Ich auch, das könnt ihr mir glauben. Dieser Panini hatte ja keine Ahnung, wie wütend Brechbohne werden konnte!

Plötzlich beugte der Zauberer sich zu ihm vor und fragte: »Was hast du denn da in deinem Ohr?« Er griff an Martins Ohr und holte das 10-Cent-Stück hervor – dasselbe, das Martin ihm vorher gegeben hatte!

Mir blieb fast das Herz stehen. Wie kann sich eine Münze zuerst in Luft auflösen und dann in irgendeinem Ohr wieder zum Vorschein kommen? Das war doch Betrug!

Als Nächstes besaß der Zauberer die Frechheit, Richie zu fragen, ob er auch ein paar Geldscheine zum Geburtstag bekommen hatte. Richie ging auf die Bühne und gab dem Zauberer einen funkelnagelneuen Dollarschein. Der Zauberer faltete ihn ganz klein zusammen, dann nahm er eine Schere und schnitt den Schein in kleine Stücke! Das war wirklich der Gipfel! Nicht einmal Osch würde so etwas machen. Richie fielen fast die Augen aus dem Kopf, als Panini die Dollarschnipsel in die Hand nahm und seinen Zauberstab schwenkte. Nichts passierte.

»Ach so, ich hab ja die Zauberworte vergessen«, rief Mr Abra Kadabra plötzlich. »Ene, mene, minke, gleich siehst du deine Pinke.« Als er diesmal seine Hand öffnete, war der Dollarschein wieder da – unzerschnitten.

Ein Glück, denn sonst wäre Richie stocksauer geworden. Der Zauberer bat jetzt Sayeh und Mandy, ihm bei einem neuen Zaubertrick zu helfen. Er schnitt ein Seil in Stücke, machte ein bisschen Hokuspokus und das Seil kam unversehrt wieder zum Vorschein.

Ari half ihm, ein Glas Wasser unter einem Taschentuch verschwinden zu lassen. Ein ganzes Glas Wasser! Junge, Junge, ich hätte mir diesen Kerl niemals zum Abendessen eingeladen, das schwöre ich euch.

Aber alle waren begeistert von der Vorführung. Die Kinder schrien »Ah« und »Oh« und klatschten begeistert.

Endlich kündigte er den großen Moment an. »Meine Damen und Herren, an dieser Stelle lasse ich normalerweise ein Kaninchen in meinem Hut verschwinden. Aber heute streikt mein Kaninchen. Deshalb leihe ich mir euren Klassenhamster für dieses sensationelle Kunststück aus.«

Es dauerte ein paar Sekunden, bis ich begriff, dass der Klassenhamster – schluck! – ich war! Richie kam zum Käfig, hob mich behutsam hoch und nahm mich in seine Hände.

»Keine Angst, Rocky. Das ist nur ein Trick«, flüsterte er.

Das wusste ich auch, klar, aber ich wollte trotzdem nicht in Stücke geschnitten werden oder mich in Luft auflösen. Kein Wunder, dass das Kaninchen streikte.

»Da Rocky bereits da ist, kann ich ihn auch nicht aus meinem Hut hervorziehen. Stattdessen werde ich ihn darin verschwinden lassen.«

Panini Abra Kadabra drehte zuerst seinen Hut um, und jeder, der wollte, durfte hineinsehen. Es war ein ganz normaler Hut, wie alle bestätigten.

Der Zauberer nahm mich aus Richies Hand und setzte mich in den Hut. Ach du liebe Güte, war das dunkel hier drinnen! DUNKEL-DUNKEL-DUNKEL, und ich muss zugeben, dass ich mich im Dunkeln ein bisschen fürchte.

Als Panini mich absetzte, zog er gleichzeitig an einer Schnur und ich purzelte in einen verborgenen Hohlraum ganz unten im Hutdeckel. Über mir schloss sich der doppelte Boden. Ich saß in der Falle.

Im nächsten Moment hörte ich den Zauberer gedämpft murmeln: »Abrakadabra, Rockylein, du wirst jetzt bald verschwunden sein.«

Ach du Schreck! Der Zauberer drehte den Hut um. Ich lag jetzt auf dem Rücken und mir wurde ganz schön schwindlig.

»Rocky? Wo bist du?«, rief der Zauberer.

Er schüttelte den Hut, um zu zeigen, dass er leer war. Aber das stimmte nicht.

»Auaaa!«, quiekte ich schwach, während ich in dem stickigen Gefängnis hilflos auf und ab hüpfte. Aber wahrscheinlich hörte mich niemand, nicht einmal der Zauberer.

Ich dagegen hörte, wie die Kinder nach Luft schnappten und mit den Stühlen scharrten.

»Wo ist Rocky?«, hörte ich Adam fragen.

»Keine Ahnung«, sagte der Zauberer. Dann drehte er den Hut wieder um und setzte ihn sich auf den Kopf. »Wollt ihr noch ein Kunststückchen sehen?«

»Holen Sie sofort Rocky zurück!«, schrie Richie so laut wie sonst nur Adam.

»Welchen Rocky?«, fragte der Zauberer und bereitete seelenruhig sein nächstes Kunststück vor. Ich konnte nicht sehen, was er machte, weil ich ja im Dunkeln saß.

Na gut, wenn dieser Abra Kadabra mich nicht aus dem Hut herausholen wollte, musste ich die Dinge selber in die Hand nehmen.

Wenn ich meine Augen ein wenig zusammenkniff, konnte ich einen winzigen Lichtschimmer über mir sehen. Und da Licht hereindrang, musste oben eine Öffnung sein. Ich kauerte in dem engen Raum und streckte meine Pfoten aus. Dann stemmte ich mich gegen die Öffnung und drückte und drückte. Immer wieder. Ich bin zwar klein, aber ziemlich stark für einen Hamster.

Ich hörte den Zauberer sagen: »Erst seht ihr sie, und Hokuspokus, weg ist sie! Wer kann mir verraten, in welcher Muschel die Erbse sich jetzt versteckt?«

»Rocky! Wir wollen Rocky!«, riefen immer mehr Stimmen, aber der Zauberer achtete nicht darauf.

Jetzt sah ich schon mehr Licht. Der Hutdeckel gab langsam nach unter dem ganzen Drücken und Stoßen. Ich entdeckte einen Spalt, der groß genug war, dass ich mich durchquetschen konnte. Mit letzter Kraft zog ich mich hinauf und purzelte holterdiepolter aus dem Hutdeckel. Ihr hättet mal die Gesichter von meinen Freunden aus Zimmer 26 sehen sollen! Auch Richies Verwandte und sogar Brechbohne sperrten Mund und Augen auf, als ob sie einen Geist gesehen hätten.

Der Zauberer machte mit seinem Kunststück weiter, obwohl niemand mehr zuschaute.

Die Kinder kicherten, stießen sich an, zeigten mit dem Finger auf den Hut und nickten. Das Kichern und Gackern wurde immer lauter, bis schließlich alle brüllten vor Lachen.

»Da ist sie, nein, doch nicht.« Der Zauberer klang jetzt ein bisschen verwirrt. »Kinder? Passt ihr auch auf?«

Ich richtete mich zu meiner vollen Größe auf und quiekte laut: »Hereinspaziert, meine Damen und Herren, nur hereinspaziert …«

Schallendes Gelächter aus dem Publikum. Ich verneigte mich.

Das Publikum rief meinen Namen. Dann stampften sie mit den Füßen, klatschten in die Hände und johlten: »Ro-cky, Ro-cky, Ro-cky!«

»Okay«, sagte der Zauberer beleidigt. »Dann hol ich ihn jetzt zurück.«

Er nahm seinen Hut ab und da stand ich, Auge in Auge mit dem großen Panini. Der Arme wurde leichenblass. »Was machst du da? Du hast mir die ganze Schau gestohlen!«

»Das ist meine Schau«, quiekte ich ihn an.

»Das nächste Mal nehme ich wieder ein Kaninchen«, knurrte der Zauberer böse.

Aber außer mir hörte ihn niemand, denn meine Freunde klatschten und johlten unbeirrt weiter.

Aldo trat schnell auf die Bühne und sagte: »Und jetzt eine Runde Applaus für den einzigartigen Panini Abra Kadabra!«

Der Zauberer schwenkte seinen Hut – der jetzt ein Loch oben hatte – und stürmte die Treppe hinauf, so schnell er nur konnte.

Die Menge klatschte und johlte. Ich wusste, dass der Beifall mir galt.

»Ein Freund ist ein Geschenk, das man sich selber macht.«

Robert Louis Stevenson,
schottischer Schriftsteller und Dichter

UND DANN DER SCHNEE!

Meine Klassenkameraden redeten am Montag immer noch von der Party. Selbst Mrs Brisbane lachte, als Richie von meinem triumphalen Auftritt erzählte.

Aber es gab noch ein anderes Gesprächsthema: Oschs Überraschung.

Bert Brisbane hatte einen richtigen Swimmingpool für Osch gebaut. Der halbe Glaskasten war nun ein Wasserbecken und ringsherum wuchsen schöne, saftige Grünpflanzen.

Es war eine tolle Überraschung und ich war nur ein kleines bisschen eifersüchtig. Ich hatte mich mittlerweile besser im Griff. Und Oschs Grinsen sah diesmal fast wie ein Lächeln aus. Wir hatten wohl beide ein schönes Wochenende hinter uns.

Als alle den Swimmingpool bewundert hatten, begann Mrs Brisbane mit dem Unterricht. »Unser Gedichte-Nachmittag rückt immer näher, Kinder. Wir haben nur noch zwei Wochen Zeit. Wir müssen jetzt schleunigst die Gedichte auswählen und auswendig lernen, dann die Bilder dazu gestalten und die Briefkästen für den Valentinstag basteln.«

Von diesem Moment an herrschte Hochbetrieb in der Klasse. Ein paar von den Schülern gingen raus auf den Flur, um ihr Gedicht auswendig zu lernen. Andere malten Bilder für das Schwarze Brett und eine weitere Gruppe bastelte Valentins-Briefkästen aus Pappschachteln, die hinterher bemalt oder beklebt wurden.

Das heißt aber nicht, dass Mrs Brisbane den Unterricht vernachlässigte. (Das würde sie niemals tun!) Wir mussten trotzdem Mathe und Rechtschreibung lernen. Aber in den Pausen arbeiteten meine Klassenkameraden mit Feuereifer an ihren Gedichten und Valentins-Briefkästen. Unsere beiden Klassenmütter, Mrs Hopper und Mrs Patel, kamen zwei Tage zum Helfen.

Abends war ich mit Osch allein im Zimmer. Ich fragte mich, was er am Wochenende bei den Brisbanes gemacht hatte, während ich ihm beim Schwimmen und Tauchen in seinem neuen Swimmingpool zusah. Er konnte jetzt viel mehr herumplatschen als vorher. Ich seufzte. Irgendetwas nagte an mir, aber ich wusste selber nicht, was. Bis mir endlich ein Licht aufging. Osch und ich wohnten Wand an Wand und trotzdem waren wir einsam. Wir hatten ein bisschen miteinander geredet, falls man das so nennen konnte, und einmal hatte Osch mir geholfen. Aber ich war mir immer noch nicht sicher, ob wir Freunde waren.

Höchste Zeit, das herauszufinden. Ich öffnete die Klappe, die nicht richtig schließt, raffte meinen ganzen Mut zusammen, huschte zu seinem Glaskasten und sagte: »Hallo, Osch.«

Osch wirbelte herum. Ich muss zugeben, dass mein Hamsterherz einen Schlag lang aussetzte. Wenn er mich nun wieder ansprang?

»Hör mal, Osch, ich war wohl nicht besonders nett zu dir. Vielleicht war ich ein bisschen eifersüchtig. Aber ich will es wiedergutmachen.«

Diesmal tauchte Osch mit einem gewaltigen *Platsch* ins Wasser, anstatt mich anzuspringen. Das Wasser spritzte aus dem Glaskasten heraus, sodass mein schönes, trockenes Fell nass wurde. Und es gibt nichts Schrecklicheres für einen Hamster als ein nasses Fell. Mein flauschiger goldener Mantel war jetzt stumpfbraun und triefte nur so vor Nässe. Wenn Osch Streit suchte, konnte er ihn haben.

»Na toll, vielen Dank«, quiekte ich empört. »Und damit du's weißt, ich hab schon genug Freunde. Mir ist es egal, ob du mich magst oder nicht. Glaub ja nicht, dass ich dich als Freund haben will!«

Osch starrte mich an und hatte dabei wieder sein übliches gruseliges Grinsen im Gesicht.

»Und falls du denkst, du kannst mir Angst machen, hast du dich getäuscht«, fügte ich hinzu. »Ich hab mich noch nicht mal gefürchtet, als du mich angesprungen hast.«

Das reichte fürs Erste. Ich wollte es lieber nicht drauf ankommen lassen und huschte schnell in meinen Käfig zurück. Endlich hatte ich Osch die Meinung gequiekt, aber es ging mir hinterher kein bisschen besser. Nicht die Bohne!

Am Donnerstag war der Himmel draußen so finster wie noch nie. Nur in Zimmer 26 schien die Sonne. Heidi und Katie waren wieder ein Herz und eine Seele, und Tamara war mit Sam, Sayeh und Miranda befreundet – einfach mit allen! Auch mit den Gedichten ging es gut voran.

Niemand außer mir schien zu merken, wie GRAU-GRAU-GRAU es draußen war. Am Nachmittag begann es zu schneien. Ich hopste auf mein Laufrad und sah zu, wie die Flocken auf den Boden segelten – zart und leicht wie duftige Spitze. Das gefiel mir und ich schrieb es in mein Notizbuch: »zart und leicht wie duftige Spitze«. Vielleicht konnte ich es eines Tages für ein Gedicht verwenden.

Der Schnee fiel weiter, als die Schule aus war. Es war ein schöner Anblick, wie alle diese weißen Kringel vom Himmel herunterschwebten. Nach einer Weile verwandelten sich die Schneeflocken in eine dicke Schneedecke.

Es war so still, dass man einen Frosch rülpsen hören konnte. Nicht, dass Osch jemals rülpste. Er war so stumm wie die Schneeflocken.

Als Aldo am Abend nicht zum Putzen auftauchte, wusste ich, dass etwas Schlimmes passiert sein musste. Auf dem Parkplatz standen keine Autos, nur am Straßenrand war eines abgestellt. Inzwischen sah es aber mehr wie eine riesige Schneekugel aus und nicht wie ein Auto.

Ich zählte die Stunden bis zum nächsten Morgen. Es schneite immer noch und bald waren die Reifen des geparkten Autos unter dem Schnee verschwunden. Die Schneedecke war schön, aber die Stille ließ mir das Fell zu Berge stehen. Ich vermisste Adams laute Stimme, Mandys Gejammer und Katies Gekicher.

Als am Freitagmorgen endlich die Glocke zum Unterrichtsbeginn läutete, passierte etwas Merkwürdiges: Niemand kam. Weder Mrs Brisbane noch Greg, noch Miranda, noch sonst jemand. Kein Auto fuhr auf den Parkplatz und kein Bus bog in die Parkbucht ein.

Und der Schnee fiel weiter, immer weiter, als wollte er nie wieder aufhören. Ich war eingeschneit, zusammen mit Osch, dem Frosch!

>*Ein Leben ohne Freunde ist ein Leben ohne Sonnenschein.*<
Französisches Sprichwort

OJE - NOCH MEHR SCHNEE!

Es war gespenstisch, als die Glocke erst zur Frühstückspause und später zur Nachmittagspause läutete und niemand außer Osch und mir da war.

Ein Schauder lief mir über den Rücken, wenn ich auf den ganzen Schnee draußen starrte. Plötzlich fiel mir ein, dass Aldo etwas von »nachts Heizung abdrehen, um Geld zu sparen« gesagt hatte. Ich schauderte noch mehr, als mir bewusst wurde, dass niemand da war, der die Heizung wieder aufdrehen konnte.

Zum Glück hatte ich mein schönes dickes Fell, mein Schlafhäuschen und einen großen Haufen Sägespäne. Dort konnte ich hineinkriechen, um mich warm zu halten. Was aber sollte Osch machen, der nur vier Glaswände, ein bisschen Grünzeug und einen unbeheizten Swimmingpool um sich herum hatte?

Ich döste fast den ganzen Tag und knabberte an dem Futtervorrat, den ich in meinem Schlafnest versteckt hatte. Wir Hamster sind kluge Leute und sorgen vor, falls uns mal das Essen ausgeht. Aber mein Futternapf war leer und mein Wasservorrat ging auch zur Neige.

Wenn ich zwischendurch mal aufwachte, spähte ich zum Fenster hinaus. Immer noch keine Autos auf der Straße. Ja, ich konnte nicht einmal sehen, wo die Straße aufhörte und der Gehsteig begann. Alles lag unter einer dicken weißen Schneedecke begraben.

Osch blieb die meiste Zeit still und die Grillen auch. Ich langweilte mich SCHRECK-LICH-SCHRECKLICH-SCHRECKLICH, so ganz allein in der Klasse. Ich vermisste sogar den Mathe-Unterricht. Schließlich hopste ich auf mein Laufrad, um mir ein bisschen die Beine zu vertreten. Das wärmte mich auf, aber es machte mich auch hungrig. Als ich meine eisernen Reserven begutachtete, war nur noch ein verwelktes Blumenkohlröschen übrig.

Endlich läutete die Glocke zum Schulschluss. Ich fragte mich, was meine Klassenkameraden machten. Adam saß wahrscheinlich mit seiner Familie vor dem Fernseher. Greg und Andy machten vielleicht ein Videospiel. Und Miranda schmuste mit Clem. (Wie konnte sie nur seinen grässlichen Mundgeruch ertragen?) Sayeh half ihrer Mutter oder kümmerte sich um ihren kleinen Bruder. Und Mrs Brisbane hantierte in ihrer warmen, duftenden Küche, während Mr Brisbane ein Vogelhäuschen baute.

Alle saßen gemütlich im Warmen und hatten genug zu essen! Und niemand machte sich Sorgen um mich. Oder um Osch. Aber solche Gedanken stimmten mich nur traurig und deshalb wollte ich lieber an meinem Gedicht für den Gedichte-Nachmittag arbeiten. Was reimt sich auf »düster«? »Immer wüster«?

Ich holte mein Notizbuch aus seinem Versteck hinter dem Spiegel hervor und vergrub mich in meiner Einstreu, um mich warm zu halten.

Und prompt schlief ich ein. Als ich wieder aufwachte, war es Nacht.

»He, Osch, meinst du, Aldo kommt heute Abend?«, fragte ich meinen Nachbarn.

Osch gab keine Antwort. Und Aldo kam nicht. Der Schnee fiel weiter.

Gegen Mitternacht hörte ich ein komisches Surren und blickte aus dem Fenster. Eine riesige Maschine, viel größer als ein Auto, kroch die Straße entlang wie eine gigantische gelbe Schnecke. Auf dem Dach der Maschine kreiste ein oranges Licht. Die Maschine rollte langsam vorbei, dann verschwand sie.

Drei Stunden später kam sie auf der anderen Straßenseite zurück und verschwand wieder.

»Hast du das gesehen, Osch?«, quiekte ich.

Osch ignorierte mich einfach und ich konnte es ihm nicht verübeln. Ich hatte schreckliche Sachen zu ihm gesagt und vielleicht hatte er mich verstanden. Mir wurde noch kälter vor lauter schlechtem Gewissen.

»Osch, ich hab das vorhin nicht ernst gemeint. Es stimmt nicht, dass ich dich nicht als Freund haben will«, rief ich zu ihm hinüber. »Ich verzeihe dir, dass du mich nass gespritzt hast, wenn du mir verzeihst, dass ich dich beleidigt habe, okay?«

»*Boing?*« Ich glaube, das sollte »okay« heißen, aber Oschs Stimme klang irgendwie komisch. Vielleicht hatte er Hunger, so wie ich. Dann fiel mir ein, dass er nicht so oft fressen musste wie ich. Frösche haben es gut.

Am nächsten Morgen hörte es auf zu schneien. Aber auf dem Parkplatz waren immer noch keine Autos oder Menschen zu sehen, nur die Schneekugel, die am Straßenrand parkte – das Auto, meine ich.

Auch wenn es nicht geschneit hätte, wäre niemand in die Schule gekommen, weil Samstag war. Heute vor einer Woche war ich in Panini Abra Kadabras Vorstellung aufgetreten. Und jetzt saß ich hier mutterseelenallein (jedenfalls fast) und mir war BIBBER-SCHLOTTER-BIBBER-KALT. Außerdem hatte ich Hunger und fühlte mich einsam.

Mein ganzes Leben lang hatte immer jemand für mich gesorgt, mir Futter und Wasser gebracht und meinen Käfig sauber gemacht. Ich hatte es immer gut gehabt. Ich hatte nie für mich selbst sorgen müssen. Höchste Zeit, dass ich mich auf meine eigenen Pfoten stellte und mich alleine durchschlug, so wie meine Vorfahren, die Wildhamster, die im Wald in weichen Blätternestern lebten und so viel Nüsse und Früchte sammelten, wie sie nur konnten.

Der Hunger muss mir das Gehirn vernebelt haben, weil mir jetzt erst klar wurde, dass mein ganzes Hamsterfutter direkt vor mir auf dem Tisch lag. Leckere Sachen wie Heu, Mehlwürmer, Körner und Vitamin-Drops. Ich musste mich nur bedienen!

Ich öffnete die Klappe, die nicht richtig schließt, und stolperte aus meinem Käfig hinaus. »Osch, bist du in Ordnung?«, rief ich zu meinem Nachbarn hinüber.

»Boing«, antwortete er schwach. Es war schon eine ganze Weile her, seit er etwas zu fressen bekommen hatte. Und mir fiel ein, dass Mrs Brisbane den Kindern eingeschärft hatte, wie wichtig frisches Wasser für Frösche sei.

»Ich hole ein bisschen Futter«, erklärte ich. »Vielleicht finde ich ein paar Mehlwürmer für dich. Ich glaube aber nicht, dass ich an den Grillenschrank herankomme.«

»Boing.« Osch klang jetzt noch schwächer. Und er sah nicht so grün aus wie sonst. Bei einem Frosch ist das nicht gut.

Ich taumelte über die Tischplatte, halb benommen vor Hunger. Und da war es: eine große Tüte Vitaminfutter, eine noch größere Tüte Heu und ein riesiges Glas mit dicken, fetten Mehlwürmern! Jam-jam! Obwohl es nicht einfach für einen kleinen Hamster war, vom Tisch auf diese riesigen Beutel zu kommen.

Wenn ich zum Beispiel an der Tüte mit dem Vitaminfutter hinaufkletterte, riskierte ich, dass ich in die Tüte hineinfiel und nicht mehr herauskam. Ich liebe Vitaminfutter, aber ich wollte nicht darunter begraben liegen.

Nein, meine einzige Chance war brutale Gewalt. Wenn ich kräftig Anlauf nahm, konnte ich die Tüte vielleicht umwerfen. Dann würde das Futter herausfallen und ich konnte nach Herzenslust essen.

Ich holte tief Luft und stürmte auf die Tüte zu. »Attacke!«, brüllte ich aus vollem Hals.

Aber leider hatte ich mich verrechnet. Ich knallte mit voller Wucht gegen die Tüte, die ein bisschen nach vorne kippte, aber im nächsten Moment schnellte sie wieder zurück und krachte auf mich herunter.

Ich wurde nicht zerquetscht, aber ich war unter der Futtertüte gefangen. Um mich herum war ein bisschen Luft und ich konnte einen Lichtschimmer sehen. Ich konnte auch atmen. Ich kam nur nicht heraus.

Das Einzige, was ich tun konnte, war brüllen. »Hilfe! Ich bin eingesperrt!«, quiekte ich, aber meine Stimme drang nur gedämpft durch die Tüte.

Ich weiß selber nicht, warum ich brüllte. »Helft mir doch, bitte, bitte!«, klang wahrscheinlich wie »quiek-quiek-quiek«.

Ich quiekte trotzdem und wartete.

He, Moment mal. Was war das für ein Geräusch? »Boing-boing-boing! BOING-BOING-BOING! BOING-BOIN-BOING!« Dann folgte ein lautes Krachen.

Was sollte der Radau? Wie konnte Osch nur glauben, dass er mir damit helfen würde? Dann hörte ich ein neues Geräusch – PLOPP-PLOPP-PLOPP. Und einen Augenblick später grinste Osch mich durch den Lichtschlitz an.

Der verrückte alte Froschklumpen hatte es geschafft, aus seinem Glaskasten herauszukommen, um mir zu helfen! Er warf sich gegen die Tüte und knallte jedes Mal heftiger dagegen. Die Tüte verrutschte, sodass eine Öffnung entstand, durch die ich auf ihn zukriechen konnte.

Osch knallte immer noch gegen die Tüte und kreischte »Krwiiiii-krwiiii«. Das war ein ganz neuer Osch und ein ganz neues Geräusch.

Die Öffnung wurde immer größer und ich kroch darauf zu, bis ich hinausgreifen und

Osch packen konnte. Mit letzter Kraft klammerte ich mich an seinen Rücken.

»Krwiii!«, rief Osch wieder. Ich zog mich vollends auf seinen Rücken hinauf und Osch hopste von der Tüte weg.

Du meine Güte, war das aufregend! Ich hüpfte und schaukelte auf seinem Rücken herum wie ein Rodeoreiter auf einem wilden Mustang. »Hüüüüaaa!«, quiekte ich. »Los, Osch-Frosch, Galopp!«

»Krwiieee!«, brüllte er.

Plötzlich ging das Licht an und ich hörte Schritte.

»Oh, nein! Sehen Sie sich das an, sie sind freigekommen!«, rief Mrs Brisbane. »Und sie haben das Futter umgeworfen. Die Armen müssen ja halb verhungert sein!«

»Schlaue kleine Kerlchen«, gluckste Direktor Morales.

Ich erkannte sie kaum in ihren dicken Mänteln und Wollmützen und den riesigen Schals, die sie sich um die Gesichter geschlungen hatten.

»Wie sind sie nur da herausgekommen?«, fragte Mrs Brisbane kopfschüttelnd.

»Vielleicht hat jemand vergessen, Rockys Käfig richtig zuzumachen«, sagte der Direktor. »Und der Frosch wird wohl einfach aus seinem

Glaskasten gesprungen sein. Hier, sehen Sie mal, er hat den Deckel weggeschoben.«

So ist das also: Ich habe eine Klappe, die nicht richtig schließt, und Osch einen Deckel, der sich wegschieben lässt.

»Alles wird gut, Rockylein, gleich kommt dein Aldo zu dir herein!«, brüllte jetzt eine andere Stimme.

Im nächsten Moment stürzte Aldo ins Zimmer, tief vermummt, so wie Mrs Brisbane und Mr Morales. »Alles in Ordnung? Der Schneepflug hat unsere Straße erst vor einer halben Stunde frei geräumt. Ich wollte zu Fuß rüberkommen, aber im Radio haben sie gesagt, es sei gefährlich, rauszugehen.«

»Ja, ich weiß«, sagte Mrs Brisbane. »Wir haben uns solche Sorgen gemacht, Bert und ich. Wenn ich gewusst hätte, dass sich ein Schneesturm ankündigt, hätte ich die beiden doch mit nach Hause genommen. Und alle haben mich angerufen, alle Eltern, Angie Lumis, einfach alle … «

Mrs Brisbane setzte mich wieder in meinen Käfig und gab mir eine Handvoll Vitaminfutter. Direktor Morales brachte Osch in seinen Glaskasten zurück und fütterte ihn mit ein paar ekligen Grillen (würg!). Aldo holte frisches Wasser für uns beide.

»Hier drin ist es viel zu kalt für Osch«, sagte Mr Morales. »Er hat es ja offenbar gut überstanden, aber ich kaufe ihm trotzdem eine Wärmelampe.«

Draußen auf dem Flur wurde es jetzt lebendig. »Wir sind gekommen, sobald wir freigeschaufelt waren«, rief Miranda, die mit Lara und Mara hereinstapfte.

»Die Mädchen haben sich solche Sorgen gemacht«, sagte Mara. Sie hatten uns also nicht vergessen! Bald tauchten auch Heidis Mom, Gregs Dad und Sayeh und ihr Dad auf und alle hatten schreckliche Angst um uns gehabt.

Natürlich wollten uns alle für das restliche Wochenende mit nach Hause nehmen, aber Mrs Brisbane verkündete energisch: »Nein, diesmal nehme ich die beiden mit nach Hause. Mein Mann würde es mir nie verzeihen, wenn ich ohne sie zurückkomme.«

Mr Morales ermahnte alle, auf dem Rückweg SEHR-SEHR-SEHR vorsichtig zu sein. Dann half er Aldo und Mrs Brisbane, unsere Häuser für die Fahrt winterfest zu machen.

Endlich war mein Magen voll. »Osch, mein Freund?«, quiekte ich. »Danke, dass du mich gerettet hast. Heißt das, du hast mir verziehen?«

»BOING«, antwortete Osch. Und das war sehr anständig von ihm, wenn man bedenkt, dass er ein Frosch ist.

> *»Wahre Freundschaft beweist sich in der Not; im Wohlstand mangelt es dir nie an Freunden.«*
> Ralph Waldo Emerson,
> amerikanischer Dichter und Essayist

DER GEDICHTE-
NACHMITTAG

Bert Brisbane wartete in der Tür auf uns. »Beeilt euch. Es ist eisig kalt!«, rief er.

Mr Morales und Mrs Brisbane trugen unsere Häuser mit allen Futtervorräten und der Einstreu herein. »Wer weiß, wie lange sie hierbleiben müssen«, sagte Mr Morales.

Mrs Brisbane kochte eine Kanne Tee, während Mr Brisbane Oschs Glaskasten sauber machte. Mr Morales ist zwar die wichtigste Persönlichkeit an der Longfellow-Schule, aber das hinderte ihn nicht daran, seine Ärmel aufzukrempeln und meinen Käfig zu putzen. Er beschwerte sich nicht einmal über meine Töpfchen-Ecke. (Allerdings trug er Handschuhe und wusch sich hinterher die Hände.)

»Das sollte uns allen eine Lehre sein«, sagte Mrs Brisbane, die ein Tablett mit dampfenden Teetassen, einem Teller voll Plätzchen und ein paar leckeren Brokkoliröschen und Salatblättern (für mich) hereinbrachte. »Wenn man sich ein Tier ins Haus holt, muss man auch die volle Verantwortung dafür übernehmen.«

Mr Morales nahm sich ein Plätzchen. »Ich glaube, die beiden können ganz gut für sich selber sorgen. Ich frage mich nur, wie sie diese riesige Futtertüte umwerfen konnten?«

»Das wundert mich auch«, sagte Mrs Brisbane. »Ich glaube, das war Teamarbeit.«

»Ein Frosch und ein Hamster? Kann ich mir nicht vorstellen«, sagte Bert. »Aber ich hätte es zu gern gesehen.« Er schüttelte lächelnd den Kopf. »Dass Rocky ein schlaues Kerlchen ist, wusste ich ja schon immer, aber jetzt wissen wir auch, dass Osch es faustdick hinter den Ohren hat.«

»BOING!«, quakte Osch und warf sich gegen eine seiner Glaswände.

Mrs Brisbane lachte leise. »Na also, es geht ihm schon wieder besser. Sieht aus, als ob er Bockspringen üben wollte.«

Bockspringen? War das ein Spiel? Dann hatte ich mich von Anfang an in Osch getäuscht. Er wollte mich gar nicht anspringen, sondern nur mit mir spielen!

Vielleicht würde ich nie erfahren, was in

Oschs Kopf vorging, aber zumindest hatte er manchmal gute Ideen, zum Beispiel, als er mich gerettet hat. Und er konnte nicht nur »Boing« sagen, sondern auch »krwieee«. Außer mir wusste das niemand. Es war unser Geheimnis, fast so, als ob wir Freunde wären.

Am Nachmittag kam die Sonne heraus und mit ihr die Schneepflüge. Die Gärten und Höfe waren immer noch schneebedeckt, aber die Straßen waren jetzt frei und die Autos fuhren wieder.

Im Garten gegenüber von den Brisbanes bauten zwei Kinder einen Schneemann. Ich selbst saß schön im Warmen, sauste in dem Labyrinth herum, das Bert Brisbane für mich gebaut hatte, und spielte Verstecken mit ihm, so wie in alten Zeiten. Osch schaute uns durch seine Glaswände zu, sagte aber nur wenig.

Am Montag war alles wieder normal, sodass die Kinder in die Schule kommen konnten. Zum Glück, denn am Freitag war schon der Gedichte-Nachmittag und es gab noch viel zu tun.

Ein paar von den Schülern hatten ihre Gedichte auswendig gelernt oder sie an dem langen Wochenende aufgeschrieben. Aber die meisten hatten nichts gemacht.

Greg konnte sich nicht entscheiden, welches Gedicht er nehmen sollte. Er hatte schon dreimal gewechselt und am Montag schon wieder. Mrs Brisbane schickte ihn auf den Flur, damit er in Ruhe sein neues Gedicht auswendig lernen konnte.

Dann fragte Mrs Brisbane Daniel, ob er ihr helfen wollte. Daniel war genauso verblüfft wie ich. »Ich bin in letzter Zeit sehr zufrieden mit dir, Daniel. Du weißt jetzt viel besser, wann du etwas Witziges sagen darfst und wann du den Mund halten musst«, sagte sie. »Und jetzt brauche ich deine Hilfe. Unser Gedichte-Nachmittag soll nicht todernst sein. Wenn du willst, darfst du als Moderator auftreten und die Gedichte ankündigen. Was meinst du?«

Daniels Augen leuchteten. »Klar, mach ich!«

»Und es soll lustig werden, ja?«, sagte Mrs Brisbane noch.

Am Dienstagnachmittag war das Schwarze

Brett mit fantasievoll verzierten Gedichtkarten bedeckt, die die Kinder selbst gestaltet hatten. Am Rand entlang hingen Porträts von berühmten Dichtern und einer Dichterin namens Emily Dickinson.

Und am Mittwochnachmittag bastelten meine Klassenkameraden weiter an ihren Valentins-Briefkästen. Es war unglaublich, was sie aus einfachen Pappschachteln zauberten. Einige waren mit roten Herzchen beklebt, andere mit Knöpfen verziert und bunt bemalt. Greg hatte zwei große Dinosaurier auf seine Schachtel gemalt. Miranda hatte ihren Briefkasten mit Fotos von ihrer Familie beklebt: von ihrer Mom, ihrem Dad, Lara, Mara, Baby Ben und (ja) Clem. Tamaras Briefkasten war mit Basketball- und Fußballbildern geschmückt.

Und dann – GROSSE ÜBERRASCHUNG! – schenkte Mandy meinem Nachbarn eine grüne Schachtel mit Bildern von Fröschen und Grillen darauf. Und ich bekam von Adam einen Valentins-Briefkasten, der mit einem goldenen, pelzigen Stoff beklebt war. (Es war kein echtes Fell, ich habe es nachgeprüft.)

Das war lieb von den Kindern, aber ich war trotzdem TRAURIG-TRAURIG-TRAURIG, weil ich es niemals schaffen würde, für jeden in der Klasse eine Valentinskarte zu schreiben. Wie sollte ich ihnen nur zeigen, dass ich ihre Freundschaft zu schätzen wusste?

Ich grübelte immer noch darüber nach, als Aldo am Mittwochabend hereinkam. Er war in ungewöhnlich guter Laune.

»Ein schöner Abend ist das heute, meine Herrschaften«, verkündete er, während er seinen Putzwagen hereinrollte. »Und ich habe gute Nachrichten für euch.«

»Gute Nachrichten kann ich dringend gebrauchen, Aldo!«, quiekte ich zurück.

»BOING!«, stimmte Osch zu.

Aldo zog einen Stuhl zu meinem Käfig. Aber er holte keine Essenstüte hervor, wie sonst, sondern ein Blatt Papier.

»Hier, meine erste College-Note. Ein Test in Psychologie.« (Ich fragte mich, ob er im selben Kurs war wie Natalie, die Babysitterin.)

»Also, meine Note ist, wie du gleich schwarz auf weiß sehen kannst … « Aldo hielt das Blatt an meinen Käfig. »… eine glatte Eins! Ist das nicht Wahnsinn, Kumpel?«

»Ein dreifaches Hurra für Aldo!«, quiekte ich und hopste begeistert auf mein Laufrad.

»Maria weiß es noch nicht. Ich spare es mir für den Valentinstag auf. Dann kriegt sie die gute Nachricht zusammen mit den Blumen und Pralinen, verstehst du? Aber ich glaube, über die Note freut sie sich am meisten.« Aldo lehnte sich zurück und lächelte zufrieden.

Osch tauchte mit einem lauten Platscher in seinen Swimmingpool ein.

»Platsch nur weiter, Osch, mein Freund«, sagte er. »Das ist ein fröhliches Geräusch.«

Wie meinte er das? Platschte Osch, weil er glücklich war? Ich hatte mir noch nie Gedanken darüber gemacht, außer dass mir das Geplatsche auf die Nerven ging.

Aldo grinste von einem Ohr zum anderen, fast wie ein Frosch. »Vor dir steht ein glücklicher Mann, Rocky. Es gibt nichts Schöneres, als wenn man gute – und schlechte – Nachrichten mit jemand anderem teilen kann. Maria ist nicht nur meine Frau, sondern auch meine beste Freundin, verstehst du?«

Ich hielt mein Laufrad an, weil mir ein bisschen schwindlig war. Ich hatte dieses Jahr viel über Freundschaft gelernt, indem ich die Kinder in Zimmer 26 beobachtete. Es gab Freunde, die manchmal böse aufeinander waren und sich wieder versöhnten. Freunde, die miteinander durch dick und dünn gingen. Und schließlich Freunde, die einem die Hand reichten, selbst wenn man ihnen gesagt hatte, dass man sie gar nicht haben wollte.

Manche Freunde retten dich, wenn du in Not bist. Und es gibt neue Freunde, alte Freunde, silberne und goldene Freunde.

Ich dachte die ganze Nacht darüber nach und es tat mir jetzt leid, dass ich je an Oschs Freundschaft gezweifelt hatte. Ich hatte nicht verstanden, dass Frösche manchmal eifersüchtig sind und manchmal PLITSCH-PLATSCH-FRÖHLICH. Aber als ich Osch brauchte, hatte er mir geholfen. Wie bedankt man sich bei einem Frosch?

Plötzlich hatte ich eine Idee. Ich würde ihm ein Gedicht schreiben. Nicht so was wie »Rosen sind rot und Frösche sind cool«, sondern eines, das meine tiefsten Gefühle ausdrückte.

Ich holte mein Notizbuch hervor und begann zu schreiben.

Am nächsten Tag probten die Schüler für den Gedichte-Nachmittag und räumten das Klassenzimmer auf. (Ihr könnt euch nicht vorstellen, was für ein Chaos auf den Tischen herrschte.) Ich achtete nicht weiter darauf. Ich kauerte in meinem Schlafnest und schrieb mir meine Hamsterseele aus dem Leib.

Am Freitag war Valentinstag und alle waren schrecklich aufgeregt. Morgens warfen die Schüler ihre Valentinskarten in einen großen Karton auf Mrs Brisbanes Schreibtisch. Und in der Pause sortierte die Lehrerin die Karten und warf sie fröhlich summend in die Valentins-Briefkästen.

Nach der Pause machten die Kinder ihre Post auf. Es wurde viel gekichert und geknabbert, denn Mrs Brisbane hatte auch noch Schokoherzen in die Briefkästen gesteckt.

Dann rief Adam aus heiterem Himmel: »He, guckt euch das an!« Alle wirbelten zu ihm herum. »Ich hab 'ne Karte von Martin Bohne bekommen!«

Sam stöhnte laut.

»Nein, warte. Er sagt, dass es ihm leidtut«, erklärte Adam.

»Ich hab auch eine gekriegt!«, sagte Greg.

Miranda und Heidi hatten auch Entschuldigungskarten von Martin bekommen.

»Menschen können sich ändern«, sagte Mrs

Brisbane. »Es war sicher nicht leicht für Martin, diese Karten zu schreiben, aber er hat mich gebeten, sie einzuwerfen. Vielleicht ist es Zeit, dass ihr ihm eine zweite Chance gebt.«

Der fiesen Brechbohne eine zweite Chance geben? Puh! Ich schüttelte mich. Doch dann fiel mir ein, dass Martin eigentlich ganz nett gewesen war, als er beim Preisverteilen geholfen hatte.

»Ich gebe ihm eine zweite Chance!«, quiekte ich. Aber natürlich kam nur wieder »quiek-quiek-quiek« heraus.

»Ich hab dich nicht vergessen, Rocky«, sagte Mrs Brisbane. Sie kam zu unserem Tisch herüber und machte die Post für Osch und mich auf. Wir hatten Karten von allen Schülern in der Klasse bekommen. Jede war etwas Besonderes, aber am deutlichsten erinnere ich mich an die von Miranda.

Für Rocky
Obwohl es kein Reimwort für Hamster gibt,
bist du bei allen total beliebt.

Jetzt hatte sie doch noch ein Gedicht mit »Hamster« drin geschrieben!

In meinem Briefkasten war eine Karte mehr als bei Osch. Sie kam aus Brasilien. Ja, Ms Mac hatte mir eine winzig kleine Karte geschickt, auf der stand: »Rocky, du wirst immer mein bester Freund bleiben. Viele Grüße von Ms Mac«.

Außerdem hatte sie einen Brief an die ganze Klasse geschrieben, mit Grüßen von ihren Schülern in Brasilien.

Obwohl ich vor Freude über die Karten fast platzte, behielt ich den ganzen Morgen die Uhr im Auge, weil ich in der Pause einen wichtigen Auftrag zu erfüllen hatte.

Ein Hamster kommt nie zur Ruhe.

Endlich läutete es und die Schüler gingen nach draußen. GUT-GUT-GUT! Aber Mrs Brisbane blieb da und das war schlecht. Sie lief geschäftig im Zimmer herum und ordnete die Stühle in einem großen Halbkreis an. Dann las sie Papierschnipsel vom Boden auf. Ging diese Frau denn nie zum Essen?

Endlich schaute sie auf die Uhr, nahm ihr Pausenbrot und stürzte aus dem Zimmer. Mir blieb nicht viel Zeit, deshalb riss ich die Seite aus meinem Notizbuch, öffnete die Klappe, die nicht richtig schließt, und huschte am Tischbein hinunter.

Osch stieß ein paar erschrockene »Boings« aus, aber ich hatte keine Zeit, ihm etwas zu erklären. Ich flitzte über den Fußboden, so schnell meine Beine mich tragen wollten, und stürzte zu Mrs Brisbanes Schreibtisch. Mein Plan war, an ihrem Stuhl hinaufzuklettern und mit einem Riesensatz auf das Pult zu hechten. Es war gefährlich, aber manchmal muss man tollkühn sein! Doch Mrs Brisbane hatte alles verdorben, indem sie den Stuhl weggerückt hatte. Jetzt stand er WEIT-WEIT-WEIT weg mitten in dem Stuhlkreis.

Und was noch schlimmer war, ihr Schreibtisch hatte keine Beine, an denen man hinaufklettern konnte. Es war nur ein massiver Holzblock. Mein großer Plan war im Eimer!

Die Uhr tickte unerbittlich weiter. Jetzt blieb mir nichts anderes übrig, als das Blatt auf den Fußboden neben ihrem Pult zu legen und auf den Tisch mit meinem Käfig zurückzuklettern. Ich packte die Jalousien-Schnur und schwang mich vor und zurück, bis ich an die Tischkante heranreichte. Mit einem letzten großen Satz sprang ich auf den Tisch und huschte zu meinem Käfig. Erleichtert knallte ich die Klappe zu.

»BOING-BOING-BOING!«, quakte Osch.

»Du wirst es bald verstehen«, versicherte ich ihm. »Jedenfalls hoffe ich das.«

Nach der Pause kam Mrs Brisbane in die Klasse zurück, gefolgt von ihren Schülern. Die Klassenmütter brachten Kinderpunsch und Kekse mit. Als Nächstes kamen die Eltern herein. Es herrschte ein solcher Trubel, bis alle sich begrüßt und die Dekorationen bewundert hatten, dass ich Mrs Brisbane aus den Augen verlor.

Aber ich hörte ihre Stimme. »Wenn Sie jetzt bitte Ihre Plätze einnehmen wollen, liebe Gäste, damit wir mit dem Gedichte-Nachmittag beginnen können.« Als Erstes erzählte sie, was wir im Unterricht gelernt hatten und wie viel Mühe wir uns gegeben hatten. Dann erteilte sie dem Moderator Daniel Chen das Wort.

Daniel war in Hochform. Er stellte jeden Schüler mit einem kurzen Gedicht vor. Die Reime waren lustig, ohne verletzend zu sein. Als Heidi an die Reihe kam, sagte Daniel zum Beispiel: »Und jetzt ist Heidi Hopper dran, weil sie so gut reimen kann.«

Bei Tamara sagte er: »Tamara ist neu, aber

ihre Reime sind toll, hoffentlich fühlt sie sich bei uns wohl.«

Und zu Adams Gedicht sagte er: »Adam ist stolz auf sein Gedicht, drum spricht er so laut, erschreckt nur nicht!«

Junge, war ich stolz auf meine Klassenkameraden, als einer nach dem anderen in den Kreis trat und sein Gedicht vortrug! Heidi trug das Froschgedicht vor, das sie geschrieben hatte. Tamara hatte kein Gedicht über Alfie verfasst, sondern über einen Baseballspieler namens Casey. Sayeh hatte ein Taubengedicht geschrieben. Träum-nicht-Ari blieb mitten in seinem Gedicht stecken, aber er fing noch einmal von vorne an und diesmal brachte er es zu Ende. Wenn jemand mal ein Wort vergaß, flüsterte Mrs Brisbane es ihm zu und niemand merkte etwas.

Die Eltern klatschten begeistert nach jedem Gedicht. Ich natürlich auch.

Dann sackte mir mein Hamsterherz in die Kniekehlen, als Mrs Brisbane sagte: »Und damit ist unser diesjähriger Gedichte-Nachmittag zu Ende. Für alle, die noch ein bisschen dableiben können, gibt es Punsch und Kekse.«

Mein Plan war ins Wasser gefallen. Ich schaute zu Osch hinüber. Er lächelte immer noch, allerdings wusste er ja auch nicht, was ich eigentlich vorgehabt hatte.

Aber Moment mal! Mrs Brisbane redete jetzt weiter: »Ich habe hier noch ein Gedicht, das ich Ihnen vortragen möchte. Es steht auf diesem Zettel, den ich am Boden gefunden habe. Ich glaube, es drückt aus, was die Kinder in diesem Zimmer füreinander empfinden. Die Schrift ist winzig und schwer lesbar, aber ich werde es versuchen.«

Ein Freund muss nicht vollkommen sein,
nur sein Herz zählt allein.

Ein Freund braucht weder Haare noch Fell,
Hauptsache, er hilft dir im Notfall schnell.

Ein Freund muss nichts Besonderes machen,
er muss dich nur mögen und mit dir lachen.

Ein Freund muss nichts sagen, kein einziges Wort,
und trotzdem verstehst du ihn sofort.

Am Ende ist es gar nicht so schwer,
ein Freund zu sein, und noch viel mehr.

Im Zimmer war es mucksmäuschenstill, bis
Heidis Mom zu klatschen anfing und alle anderen einstimmten.

»Ganz unten ist ein Name hingekritzelt, aber ich kann ihn nicht lesen«, sagte Mrs Brisbane. »Der Schüler, der das geschrieben hat, möchte sich bitte zu erkennen geben.«

Ich stand sofort auf. Und quiekte aus vollem Hals: »Das war ich! Ich hab's geschrieben! Für Osch! Es ist mein Valentinsgruß für ihn.«

»Hat vielleicht Rocky das Gedicht geschrieben?«, scherzte Mr Golden und alle lachten. Alle außer Osch.

»BOING-BOING!«, brüllte er und hopste auf und ab. Endlich war ich zu ihm durchgedrungen. Und jetzt wusste ich genau, was er mir sagen wollte.

»Gern geschehen, Osch«, antwortete ich. »Ich hab's gern für dich getan, du grinsender, grüner, haarloser, glupschäugiger, grillenfressender alter Froschfreund. Es war mir ein Vergnügen, wirklich.«

Abends schaute ich zu Osch hinüber und er tauchte mit einem gewaltigen Platscher in sein Schwimmbecken ein. Er sah aus wie immer und doch irgendwie anders. Was ich früher für ein hämisches Grinsen gehalten hatte, erschien mir jetzt als freundliches Lächeln.

Das Platschen, das mir so auf die Nerven gegangen war, hörte ich jetzt gern, weil ich
wusste, dass mein Oschi-Froschi GLÜCK-
LICH-GLÜCKLICH-GLÜCKLICH war. Und
das Anspringen, das mich beim ersten Mal so
erschreckt hatte, bedeutete nur, dass Osch mit
mir spielen wollte.

Menschen sind manchmal schwer zu verstehen, besonders wenn sie so gemein sind
wie Martin Bohne oder so kratzbürstig werden wie Lara. Aber mit Geduld (und ein bisschen Psychologie) findet man meistens heraus,
was mit ihnen los ist. Bei Fröschen ist es genauso. Oder sogar bei Hamstern.

Ich hatte ein paar Fehler gemacht, aber es
war mir gelungen, meine alten Freunde in
Zimmer 26 zu behalten und trotzdem einen
neuen zu gewinnen.

Plötzlich machte mein Herz »BOING!«, als
ich an meinen funkelnagelneuen silbernen
Freund dachte. Meinen Freund Osch.

> »Worauf soll ein Mensch stolz sein,
> wenn nicht auf seine Freunde?«
>
> Robert Louis Stevenson,
> schottischer Schriftsteller und Dichter

Liebe Leser,

in der ersten Rocky-Geschichte habt ihr
Rocky, den Klassenhamster, und seine Freunde in Zimmer 26 kennengelernt. Dann wurde
ich gebeten, einen zweiten Band zu schreiben,
in dem Rocky wieder zu euch quieken kann.

Rocky hat im ersten Band so viele Probleme gelöst, dass ich mir lange den Kopf
zerbrechen musste, wie ich meine Lieblings-
Charaktere aus dem ersten Band behalten
und trotzdem die neue Geschichte ein
bisschen anders gestalten kann.

Dann hatte ich eine gute Idee, die aber
für Rocky nicht einfach war: Ich holte ein
zweites Tier in die Klasse. Ich dachte zuerst
an ein Kaninchen, eine Schildkröte oder
sogar ein Huhn – es gibt so viele Möglichkeiten. Aber dann kam mir der Frosch in
den Sinn und die Entscheidung war gefallen. Osch, der Frosch war geboren.

Ich hätte aus Osch ein sprechendes Tier machen können, aber mir gefiel der Gedanke, dass Rocky zunächst einmal gegen eine Wand lief. Denn wie soll man sich mit einem Frosch verständigen, der nur platscht und »BOING« macht? Es war eine große Herausforderung für meinen kleinen Hamster und er würde viel durchmachen müssen, bis er sich mit seinem neuen Nachbarn angefreundet hatte. Aber am Ende würde Rocky es schaffen, da war ich mir sicher, und im Lauf der Geschichte würde er begreifen, dass es nicht so wichtig ist, was ein Freund sagt, sondern, was er macht.

Die Geschichte handelte also von der Freundschaft zwischen Rocky und Osch und das brachte mich auf die Idee, ein ganzes Buch über Freundschaft zu schreiben. Ich dachte an meine eigene Kindheit und die Probleme, die wir alle kennen: zwei Freunde, die von einem größeren Jungen terrorisiert werden, zwei Freundinnen, die sich streiten und nicht mehr miteinander reden, und die uralte Frage, ob ein Junge mit einem Mädchen befreundet sein kann. (JA-JA-JA, glaube ich.)

Die Idee für den Gedichte-Nachmittag

verdanke ich der Grundschule, auf die mein kleiner Sohn geht.

Außerdem brachte ich ein paar neue Freunde ins Spiel: Tamara, Daniel und Sam. Auch in Zimmer 26 bleibt nichts, wie es ist, so wie im wirklichen Leben.

Wenn ich manchmal mit Kindern spreche, fragen sie mich immer, ob Osch in Zimmer 26 bleibt. Die Antwort ist »Ja«. Auch wenn er ein grüner Froschklumpen mit Glupschaugen ist, der komische Geräusche von sich gibt: Osch ist mir ans Herz gewachsen – und nicht nur mir, sondern auch Rocky.

Rockys (und Oschs) Freundin
   Betty G. Birney

Rockys kleines Handbuch
Wie gewinnt und behält man Freunde?

1. Wenn du andere nur ärgerst, wirst du nie Freunde finden, verlass dich drauf.
2. Wenn du dagegen nett zu anderen bist, wirst du auch Freunde bekommen. Selbst wenn es eine Weile dauert.
3. Manchmal bist du gemein zu deinen Freunden und sie werden böse auf dich. Aber wenn es dir ehrlich leidtut und du dich bei ihnen entschuldigst, werden sie dir vielleicht verzeihen.
4. Du darfst es nur nicht zu oft machen (siehe Regel 1).
5. Ein guter Freund kann auch ein Verwandter sein, zum Beispiel eine Stiefschwester oder sogar eine Ehefrau.
6. Du wirst es nicht glauben, aber Mädchen und Jungen können tatsächlich Freunde sein.
7. Manchmal willst du dich mit jemand anderem anfreunden, aber diese Person (oder dieser Frosch) will nichts von dir wissen. Das klingt TRAURIG-TRAU-

RIG-TRAURIG, ist es aber nicht, weil es genug andere gibt, die mit dir befreundet sein wollen. Du musst nur offen dafür sein. Und gib niemals auf!

8. Ein Freund ist jemand, mit dem du gern zusammen bist, auch ohne zu reden. Oder zu quieken.

9. Freundschaft hat ihre eigene Sprache. Einen Freund versteht man mit dem Herzen, selbst wenn man seine Worte nicht versteht.

10. Manchmal merkst du erst, dass jemand dein Freund ist, wenn er Probleme hat und du dir Sorgen um ihn machst.

PS: Tegucigalpa ist die Hauptstadt von Honduras, ein Land in Mittelamerika. Schlag es im Atlas nach!

Froschwitze

Was trinkt ein Frosch gern?
Quaka-Cola

Was ist grün und hüpft wie verrückt?
Ein Frosch mit Schluckauf.

Kommt ein Frosch in den Laden. Der Verkäufer fragt: »Was darf's denn sein?«
»Quaaark!«

Ein Frosch humpelt mit einem dicken Verband am Teichrand herum. Fragt ihn eine Kröte neugierig: »Was ist denn mit dir passiert?«
Darauf der Frosch: »Brille vergessen, Knallfrosch geküsst!«

Was ist grün, sitzt auf einer Wiese und macht Muh?
Ein Frosch mit Sprachfehler.

Wer bin ich?
Ein Reimspiel

Mal kichert und mal gackert sie,
ihr kennt sie schon, die Kicher-…

Rocky findet, es geht auch ohne
diesen fiesen Martin …

Sie ist schon lange von der Schule weg,
doch Rocky sehnt sich sehr nach Ms …

Wer ist die Neue mit dem Teddybär?
Mit T fängt ihr Name an und sie liebt ihn sehr.

Er ist keine Katze, sondern ein Frosch,
er macht manchmal »BOING« und er heißt …

Auch wenn es keinen Reim auf Hamster gibt,
ist … bei allen sehr beliebt.

Wer ist die Tochter von Mirandas Stiefmutter
Mara?
Sie erzählt gern Gruselgeschichten und
heißt …

Osch, der Ausreißerfrosch

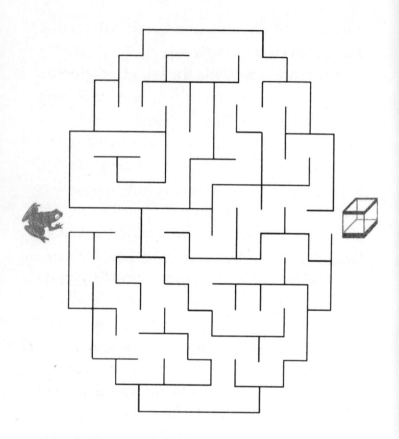

Osch hat aus Versehen den Deckel seines Aquariums weggeschoben und ist davongehüpft. Kannst du ihm den Rückweg zeigen?

Druckfrische Frosch-Infos

Frösche sind Amphibien und mit Kröten und Salamandern verwandt.

Das Wort Amphibie bedeutet »doppeltes Leben«, weil viele Amphibien teils im Wasser und teils an Land leben.

Amphibien leben schon seit ungefähr 350 Millionen Jahren auf der Erde, sind also uralt! Aber der erste Frosch tauchte vor ungefähr 190 Millionen Jahren auf.

Frösche sind für ihre Sprungkraft berühmt. Der Froschrekord liegt bei über fünf Metern!

Da Frösche keinen Panzer, keine Schuppen und keine trockene Haut haben, leben sie meist in Wassernähe, damit sie nicht austrocknen.

Frösche machen mehrere Entwicklungsstadien durch, bis sie groß sind. Aus den Eiern (Froschlaich) schlüpfen Kaulquappen, die nicht viel Ähnlichkeit mit Fröschen besitzen. Danach reifen sie zu kleinen Fröschen heran und schließlich zu ausgewachsenen Fröschen.

Die Zaubertricks des großen Panini

»Rocky hat mir zwar die Schau gestohlen«, sagt der große Panini, »aber ich verrate euch trotzdem ein paar Zaubertricks, die ihr mit ein bisschen Übung selbst zustande bringen könnt.«

- Lege eine Münze und einen Zauberstab (du kannst dir selbst einen basteln) rechts von dir auf einen Tisch.
- Nimm die Münze in deine rechte Hand und zeige sie dem Publikum. Sage dem Publikum, dass du jetzt die Münze verschwinden lässt.
- Behalte deine Augen auf dem Zauberstab, der auf dem Tisch liegt, und tu so, als ob du ihn hochheben willst, aber es nicht schaffst.
- Jetzt tust du so, als ob du die Münze in deine linke Hand gibst, aber du behältst sie in der rechten. Lass die Augen auf dem Zauberstab, dann folgt das Publikum deinem Blick. Und immer reden, reden, reden.
- Jetzt nimm den Stab in deine rechte Hand (in der auch die Münze ist) und dann wen-

dest du deine Aufmerksamkeit der ge-
schlossenen Faust zu.

- Klopfe mit der Faust gegen den Stab und
  sage: »Hokuspokus fidibus!«
- Dann öffnest du langsam deine Hand und
  tust ganz überrascht, dass die Münze tatsächlich verschwunden ist. Dein Publikum
  wird beeindruckt sein!

Fragen an die Leser

- Warum ist Rocky eifersüchtig, als Osch im Klassenzimmer auftaucht?
  Warst du schon mal eifersüchtig auf einen Freund oder ein Familienmitglied? Was hat dich eifersüchtig gemacht? Konntest du diese Eifersucht überwinden? Und wenn ja, wie hast du es geschafft?

- Rocky hat das Gefühl, dass Osch ihn nicht mag. Warum glaubt er das? Und ist es wahr?
  Hast du dir irgendwann einmal eine Meinung über einen Klassenkameraden gebildet und dann festgestellt, dass du unrecht hattest?

- Rocky wundert sich, dass ein Junge mit einem Mädchen befreundet sein kann. Wenn du ein Junge bist, hattest du je einen guten Freund, der ein Mädchen war? Und wenn du ein Mädchen bist, hattest du je einen guten Freund, der ein Junge war? Glaubst du, dass Jungen und Mädchen befreundet sein können? Wenn ein Mädchen und ein Junge befreundet sind, werden sie dann manchmal gehänselt? Und warum ist das deiner Meinung nach so?

- Mirandas Stiefschwester Lara benimmt sich unmöglich, als Rocky ihr zum ersten Mal begegnet. Aber später entpuppt sie sich als nettes Mädchen. Warum war Lara anfangs so gemein? Und was hat sie verändert?

- Miranda und Lara versuchen sich die ganze Nacht wach zu halten, indem sie sich Gruselgeschichten erzählen. Kennst du auch eine gute Gespenstergeschichte?

- Rocky ist TRAURIG-TRAURIG-TRAU-RIG, als Heidi und Katie sich streiten und nicht mehr miteinander reden. Hast du auch schon mal mit deiner besten Freundin (oder deinem besten Freund) gestritten? Und wie hast du dich dabei gefühlt? Habt ihr es geschafft, euch zu versöhnen und wieder Freunde zu werden? Wenn ja, wie habt ihr es gemacht? Wenn nicht, was hättest du oder sonst jemand tun können?

- Nenne ein paar Eigenschaften, die dir an einem guten Freund/Freundin wichtig sind. Was gefällt dir an deinem besten Freund/Freundin am meisten?

- Die Kinder, die mit Adam und Greg im Bus fahren, haben alle Angst vor Martin Bohne, aber Rocky hilft ihnen. Wie hätten sie sich sonst noch gegen Martin wehren können?

- Bist du auch schon von einem größeren Schüler geärgert worden? Oder kennst du jemand, bei dem es so war? Was habt ihr dagegen unternommen?

- Während der Vorbereitungen für den Gedichte-Nachmittag hat keiner der Schüler ein Wort gefunden, das sich auf Hamster reimt. Gibt es ein Wort, das sich auf deinen Vor- oder Nachnamen reimt?

Lösungen

Wer bin ich?

1. Katie
2. Bohne
3. Mac
4. Tamara
5. Osch
6. Rocky
7. Lara

AUFLÖSUNG:
OSCH, DER AUSREISSERFROSCH

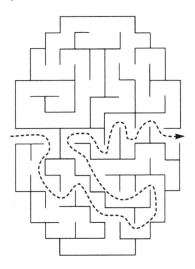